名探偵《めいたんてい》ホームズとぼく

愛犬《あいけん》行方《ゆくえ》不明《ふめい》事件《じけん》！

エリザベス・ユールバーグ 著
中村佐千江 訳／shirakaba 絵

わたしのすばらしいエージェント、エリン・マローンに。
あなたは、ワトソンのやさしい心と、
シェルビーの頭脳（ときどき口の悪さ）の持ち主です。
はじめて会った日から、楽しくわくわくする時間をありがとう。

THE GREAT SHELBY HOLMES
by Elizabeth Eulberg

Japanese translation published by arrangement with
Elizabeth Eulberg c/o William Morris Endeavor Entertainment, LLC.
through The English Agency (Japan) Ltd.

名《めい》探《たん》偵《てい》　ホームズとぼく

愛《あい》犬《けん》行方《ゆくえ》不《ふ》明《めい》事《じ》件《けん》！

登場人物

シェルビー・ホームズ

ニューヨークのベイカー通り221Bに住む、
9歳《さい》の女の子。探偵《たんてい》。

アーサー卿《きょう》

シェルビーの愛犬《あいけん》。
イングリッシュ・ブルドッグ。

ジョン・ワトソン

シェルビーと同じアパートに
引っこしてきた少年。11歳《さい》。母親は医師《いし》。

タマラ

高級マンションに住むお嬢《じょう》さま。
シェルビーの同級生。愛犬《あいけん》はデイジー。

ザリーン

タマラの姉。
愛犬《あいけん》はロキシー。

ゼイン

タマラの兄で、ザリーンと
ふたご。バスケ少年。

レストレード刑事《けいじ》

ニューヨーク市警《しけい》の
女性刑事《じょせいけいじ》。

セオ・エマソン

デイジーの調教師《ちょうきょうし》。

もくじ

第一章　ホームズとワトソン …… 8
第二章　パトロール？ …… 16
第三章　落書き事件《じけん》 …… 30
第四章　母さんの言いつけ …… 37
第五章　依頼人《いらいにん》は同級生 …… 41
第六章　捜査開始《そうさかいし》！ …… 48
第七章　デイジーとロキシー …… 56
第八章　家族全員、容疑者《ようぎしゃ》 …… 64
第九章　大ショック！ …… 81
第十章　ピザを食べながら …… 86
第十一章　ふたたび、捜査開始《そうさかいし》 …… 94
第十二章　新たな容疑者《ようぎしゃ》 …… 104
第十三章　真犯人《しんはんにん》、発見？ …… 109
第十四章　現場検証《げんばけんしょう》 …… 115
第十五章　ホームズ家とのディナー …… 127

第十六章　あぶない情報提供者《じょうほうていきょうしゃ》……140
第十七章　二度目の家宅捜索《かたくそうさく》……153
第十八章　天敵《てんてき》、登場……159
第十九章　犯人《はんにん》を示《しめ》す手がかり……164
第二十章　第一容疑者《ようぎしゃ》……167
第二十一章　尋問《じんもん》……176
第二十二章　さらなる証拠《しょうこ》の発見……183
第二十三章　バスケットボール・コートで……194
第二十四章　尾行《びこう》……209
第二十五章　シェルビー劇場《げきじょう》……215
第二十六章　母さんからの条件《じょうけん》……224
第二十七章　ドッグショーへ……228
第二十八章　なんでそうなるの？……236
第二十九章　犯人《はんにん》は、あなたですね……241
第三十章　コンビ結成《けっせい》!?……251

名探偵《めいたんてい》ホームズとぼく

第一章　ホームズとワトソン

ぼくは、ジョン・ワトソン。十一歳《さい》。悩《なや》みは、日記帳に書けるようなおもしろいできごとが、ぼくのまわりじゃ、なーんにも起こらないってこと。

まじめな話、一度もない。まるっきり、ぜんぜん、きれいさっぱり、ゼロだ。生まれてから十一年のあいだに、四つの陸軍基地《りくぐんきち》を転々としてきたんなら、ひとつくらいはなんか、事件《じけん》があっただろうって？　まあふつう、そう思うよね。

けど、なかった。

ぼくの人生、ずっとこんな感じなのかな……って、ちょっとあきらめてた。そしたら、大都会ニューヨークに引っこしたとたん、アパートで爆発《ばくはつ》さわぎが起こったんだ。

引っこし自体は、いつもどおりの感じで始まった。陸軍《りくぐん》に所属《しょぞく》する母親を持つと、引っこしってのは、しょっちゅうなんだよ。でも、こんどの引っこしは、いままでとはちょっとちがってた。ぼくと母さんは、このベイカー通り二二一番地のアパートに、この先ずっと住むことになる。いつもは次の引っこしのためにとっておく段《だん》ボールの箱も、つぶして、道路わきのごみ捨《す》て場に出しちゃえばいい。

それと、今回の引っこしははじめて、父さんぬきだった。このことについては、あとで書こうと思う。ちょっとまだ、書く気になれないんだ。

母さんが退役《たいえき》して、陸軍基地《りくぐんきち》をはなれたわけだから、もっと平和でのんびりした毎日になるって思ってた。そこへ、いきなり爆発音《ばくはつおん》が襲《おそ》ってきたってわけ。

ドッカーン!

アパートの建物《たてもの》全体が、ぐらっぐらゆれた。もう、おどろいたのなんのって! 母さんは、とっさにぼくを抱《だ》いて床《ゆか》にふせた。がっしりした体格《たいかく》の引っこし業者四人は、家具の裏《うら》に逃《に》げこんだ。

だけど、アパートの大家のハドソンさんだけは、平然《へいぜん》としている。

「もう、あの子ったら!」

ハドソンさんは、うんざりしたように首をふった。

「だいじょうぶですよ、みなさん! 本当に、なんでもないんですの……今日はやめてねって、ちゃんとくぎを刺《さ》しといたのに」

終わりのほうはひとり言みたいにつぶやきながら、ハドソンさんは、部屋を出ていった。

ぼくらは気を取りなおし、それぞれの作業にもどった。

母さんが、ひきつった笑顔《えがお》でぼくに言った。

「何はともあれ、ようやく日記に書くことが見つかったわね、ジョン」

「……まあね」

どういうわけか、ぼくのおばあちゃんは、誕生日《たんじょうび》プレゼントに、毎年かならず日記帳をくれる。だけど、どれも半分くらいしか書けてない。

さっきも言ったけど、ぼくの毎日には、書くべきことなんかないからね。ぼくの人生は、たいくつで、ぼんやりしてて、おもしろみに欠《か》け、精彩《せいさい》がなく、単調《たんちょう》で、ありきたりだから（おばあちゃんは日記帳だけじゃなくて、類語辞典《るいごじてん》もくれた）。

新しい町に引っこすのは、わくわくすることじゃないのかって？　でも、しょっちゅうだと、いやになってくると思うよ。新しい友だち、新しい先生、新しい日常《にちじょう》……慣《な》れてきたところで、また引っこし。一からやりなおしだ。ジョージア州、ケンタッキー州、テキサス州、メリーランド州とうつったけど、場所は変《か》わっても、同じような毎日だった――。

「ワトソンさん、こちらシェルビー・ホームズです！」

ハドソンさんが、もどってきた。後ろに、だれか引きずっている。赤毛の長い髪《かみ》をして、メガネをかけた小さな女の子だ。だぶだぶの白衣《はくい》を着て、頭の上に分厚《ぶあつ》いゴーグルをのせている。上半身は、ススでまっ黒だ。

女の子は片手《かたて》を腰《こし》に当て、ふてくされたような顔で、口を開いた。

「ハドソンさんに聞くところによると、わたしがおこなった無害《むがい》で安全《あんぜん》そのものの実験《じっけん》が、あなたがたの引っこしを妨害《ぼうがい》したとのこと。謝罪《しゃざい》すべきだと言われ、まいりました」

言い終わると、女の子は深々とため息をついた。

えっと……もしかして、これであやまっているつもりなのか？

母さんが、とまどいをかくせない声で返事をした。

「いいえ、どういたしまして……あなたも、このアパートに住んでいるの？」

母さんは、新しい町に引っこすたびに、一刻《こく》も早くぼくに友だちを見つけようとやっきになる（自分のせいで引っこしが多いのを、気にしているんだ）。でも、この女の子は、ぼくより四、五歳《さい》は下だと思うから、ちょっと小さすぎるけどね。

「はい。上の階の、二二一番地B号室《ごうしつ》です」

女の子は母さんに近づき、握手《あくしゅ》の手をさしのべながら、さりげなく言った。

「アフガニスタンには、長くいらしたんですか？」

母さんは、はっとしたように手をとめ、ぼくを見た。たぶん、ぼくと同じことを思ってたと思う――なんでこの子、そんなこと知ってるんだ？

女の子は、さらに言った。

「軍医《ぐんい》さんでいらっしゃいますね。左足を負傷《ふしょう》していらっしゃるようですが、痛《いた》めたのは、大腿部《だいたいぶ》でしょうか？　榴散弾《りゅうさんだん》による負傷《ふしょう》は、たいへんな苦痛《くつう》をともなうと聞きましたが」

母さんはおどろきのあまり、開いた口がふさがらないようだった。

「どうして――」

そのとき、近くでガチャンとガラスがわれたような音がした。

おいおい、またしても事件《じけん》発生か？

見ると、引っこし業者の一人が、大きな姿見《すがたみ》をつつんでいた毛布《もうふ》をはずそうとしていた。

「この毛布《もうふ》のつつみ方が悪かったんだ。われてもうちの責任《せきにん》じゃないよ」

そのとき、女の子がするどい声をあげた。

「お待ちなさい！」

女の子はつかつかと大男に歩みより、われた鏡《かがみ》を調べはじめた。

大男が、女の子をどやしつける。

「おい！　何しようってんだ！」

女の子は、床《ゆか》に両手をつき、鼻の頭がくっつきそうなほど、男の靴《くつ》に顔を近づけている。

と、すばやく立ち上がり、パンパンと両手をはたいた。

「この男が、足で鏡《かがみ》をけったとわかりました」

引っこし業者が、抗議《こうぎ》の声をあげる。

「おれは、そんな――」

女の子は、男の靴《くつ》を指さした。

「鏡《かがみ》に開いた穴《あな》を調べました。穴《あな》の大きさは、あなたの靴《くつ》の横幅《よこはば》と一致《いっち》します。そして穴《あな》の角度を見れば、上向きの力がかかったことがわかります。この角度は、玄関前《げんかんまえ》の階段《かいだん》の高さと一致《いっち》します。わたしの推理《すいり》によれば、あなたは階段《かいだん》を上る際《さい》に、この鏡《かがみ》をけとばした。故意《こい》ではないと考えますが、責任《せきにん》はとうぜん、あなたにあります」

女の子は、いったんだまってから、もったいぶった口調《くちょう》でつづけた。

「お望《のぞ》みなら、図を描《か》いて説明《せつめい》しましょうか？　それとも、自白しますか。当事者全員の時間を節約《せつやく》するためにも、後者をおすすめしますが」

引っこし業者は、口をパクパクさせたあと、女の子の目の高さにかがみこんだ。

「おまえ、何者だ？」

女の子は、くちびるの両端《りょうはし》を持ち上げ、満足《まんぞく》そうな笑《え》みをうかべた。

「わたしは、シェルビー・ホームズ。探偵《たんてい》です！」

第二章　パトロール？

次の日。早くも引っこし荷物の片《かた》づけに飽《あ》きちゃったから、アパートの外階段《そとかいだん》にすわって、街《まち》のようすを観察《かんさつ》することにした。

ここはマンハッタンの北西部にある、ハーレム地区《ちく》だ。茶色い外壁《がいへき》のアパートには、通りに面して、外階段《そとかいだん》がついている。母さんは、同じハーレム地区《ちく》にあるコロンビア大学の医療《いりょう》センターに、さっき出勤《しゅっきん》していった。近所を探検《たんけん》してもいいとは言ってたけど、「くれぐれも気をつけて、アパートから徒歩《とほ》十分以上《いじょう》はなれないようにね」だってさ。

でも、どっちへ行ったらいいかわからないから、とりあえずようすを見ようと思ったわけ。日記帳と、えんぴつも持ってきた。なぜかとつぜん、書かなきゃっていう気持ちが、むくむくとわいてきたんだよね。

白紙のページを見下ろし、きのうの出来事をどんなふうに書こうか、考える。あの女の子は、なんで母さんのことを、あんなにくわしく知っていたんだろう？　そして、引っこし業者のことも。すごいけど、でも、不気味《ぶきみ》でもある。

そんなことを考えていたら、玄関《げんかん》のドアが開き、大きな音をたてて閉《し》まった。ふり返らなくても、だれが出てきたのか、一発でわかったよ。

シェルビーが、軽い足どりで階段《かいだん》を下りてきた。リードにつながれた白と茶色のイングリッシュ・ブルドッグをしたがえている。

「ジョン・ワトソンくん、こちらはアーサー卿《きょう》です」

ぼくは手をのばし、ブルドッグをなでてやった。すると、ブルドッグは、うれしそうにおすわりし、腹《はら》を見せて転がった。え、次はおなかをなでろってか？

「なんでアーサー卿《きょう》っていうの？」

「イギリス出身の犬ですから」

シェルビーはすました顔で答え、ブルドッグのおなかをささっとなでた。

「さあアーサー卿《きょう》、パトロールの時間です。いらっしゃい！」

ブルドッグはのろのろと立ち上がり、シェルビーのあとから階段《かいだん》を下りていった。

「待って！」

われながら、おどろいた。なんで呼《よ》びとめちゃったんだろう？

「ぼくも、いっしょに行っていい？」

シェルビーは、どうでもいいって顔で、ちょっと肩《かた》をすくめた。

「どうぞお好《す》きに」

ぼくらは、ならんで歩きだした。

自動車やタクシー、バスがビュンビュン行きかっていて、ちょっと圧倒《あっとう》されてしまう。しかも、クラクションがあちこちで鳴っている。怒鳴《どな》り声も聞こえる。通りにならぶ店も、すれちがう人たちも、いちいち派手《はで》だ。外国語の看板《かんばん》とか、変《へん》なかっこうをした人たちが次々に現《あらわ》れる（シマシマ柄《がら》の絹《きぬ》のパジャマにおそろいの帽子《ぼうし》をかぶったおじさんまでいた）。ぼくはきょろきょろしながら、なんとかシェルビーについていった。

ピザ屋の前を通りかかったとき、シェルビーは赤ら顔の店主にあいさつした。

「ごきげんよう、サルバトールさん。お変《か》わりありませんか？」

ピザ屋のおやじさんは、シェルビーを見て、うれしそうに手をふった。

「絶好調《ぜっこうちょう》さ！　お友だちといっしょに、ピザを食べていかんかね？　ごちそうするよ」

「けっこうです。ありがとう」

シェルビーは、せかせかした歩調をゆるめもせずに言った。おやじさんは残念《ざんねん》そうに首をふり、店の中にもどっていった。

ぼくは、あわてててたずねた。

「せっかくごちそうしてもらえるのに、なんで断《ことわ》るのさ？」

「ほかにするべきことや、行くべき場所があるからです」

急におなかがぐうぐう鳴りだしたけど、おいていかれちゃたいへんだから、早足でついていく。それにしても、びっくりしたのは、いろんな人たちが、シェルビーに会うと、うれしそうにあいさつしてくることだ。年取った人も、若《わか》い人も、女の人も男の人も、白人も黒人も。いったい、どういう知り合いなんだ？

「ニューヨークって、あんがい安全《あんぜん》なとこなんだね。みんなあいさつしてくれるし」

「それは、相手がわたしだからですよ」

「どういう意味？」

「いずれわかります」

なんだか、もったいぶってるなあ！　ふきだしそうになったけど、なんとかこらえる。

と、シェルビーは足取り軽く、曲がり角にかけよった。

「こんにちは、ビリーさん」

シェルビーが声をかけたのは、長いドレッドヘアをたらした、小汚《こぎたな》い白人のおっさんだ。

ゴミ箱をあさっているところを見ると……まさか、ホームレスの人？

「今日は、何か変《か》わったことを目にしましたか？」

おっさんは、もじゃもじゃのあごひげをなでながら、のんびりと言った。

「うんにゃ。もしなんか見たら、ちゃんと知らせるって」

シェルビーはうなずき、せおっていたリュックから、バナナを一本取り出した。

「ありがとう、ビリーさん」

言うなり、どこもいたんでないバナナを、ゴミ箱にほうりこむ。

「毎度ありぃ、シェルビー！」

おっさんはバナナをごみ箱から拾《ひろ》うと、よたよたと去《さ》っていった。

な、なんなんだ、いまの？　あっけにとられていると、シェルビーが説明《せつめい》した。

「わが情報提供者《じょうほうていきょうしゃ》であるビリーさんは、廃棄物再利用主義者《はいきぶつさいりようしゅぎしゃ》なのです。信条《しんじょう》として、捨《す》てられた食べ物しか口にしません。ですから、だれがどんなものをゴミに出したか、ビリーさんは熟知《じゅくち》しています。情報提供者《じょうほうていきょうしゃ》には、まさにうってつけです」

なんかよくわかんないけど、とりあえずうなずいておく。そして、ずっと気になっていたことをたずねてみた。

「きみはなんで、うちの母さんのことをいろいろ知っていたの？」

「ああ、そのことですか」

シェルビーは、なんでもなさそうに言った。

「じつにかんたんですよ。まず、引っこし荷物の箱に陸軍基地《りくぐんきち》の名称《めいしょう》がいくつか書いてあったことから、軍人《ぐんじん》のご家庭だとわかりました。そしてカウンターの上に、医師《いし》の免状《めんじょう》がおいてありました。お母上の右の靴底《くつぞこ》は、左にくらべてかなりすりへっておりましたので、左足をかばって歩くことがわかりました。荷物の箱から判断《はんだん》して、外地へ赴任中《ふにんちゅう》に負傷《ふしょう》したと推理《すいり》するのが妥当《だとう》です。つまり、イラクかアフガニスタンで負傷《ふしょう》したことになります。お母上の年齢《ねんれい》と、負傷《ふしょう》からほぼ回復《かいふく》しているという事実《じじつ》から、約《やく》二年間は国外へ出ていないと推測《すいそく》できます。したがって、アフガニスタンにいたという結論《けつろん》になります」

「うちに来てたった一分で、それだけのことがわかっちゃったの？」

答えは返ってこなかった。ぼくの質問《しつもん》より、貼《は》り紙《がみ》に気を取られているみたい。

でも、シェルビーが言ったことはぜんぶ、当たっていた。すごく細かいところまで、ひとつ残《のこ》らず。ぼくは、少し大きな声で言った。

「きみって、すごいな！」

すると、シェルビーは、パッと顔をかがやかせた。

「ありがとうございます！　同世代の方にわたしの能力《のうりょく》を理解《りかい》してもらえるとは、よろこばしいことです。そんな機会《きかい》は、めったにありませんからね」

「でもさ、なんでそんな推理《すいり》ができるの？」

シェルビーは、大きくため息をついた。

「わたしは、細かいことに気がつくたちなのです。そして、気づいたことを総合《そうごう》して、もっとも可能性《かのうせい》の高いすじ書きを考えます。これが、演繹的推論《えんえきてきすいろん》というものです。わたしの発言を無礼《ぶれい》だと感じる人もいることは、承知《しょうち》しています。ですが、わたしは口をつぐむべきときを心得《こころえ》ています。たとえば、ご両親の離婚《りこん》については言及《げんきゅう》しなかったように」

ぼくは、道端《みちばた》の小石をけっとばした。

シェルビーは、何げない口調《くちょう》でつづける。

「わたしが引っこし業者に声をかけたとき、お母上は左手の薬指をつまみ、指輪《ゆびわ》をいじるようなしぐさをなさっていました。離婚《りこん》なさって、六か月ほどでしょうか？」

ぼくは、むっつりと答えた。

「七か月だよ」

「つらい思いをされたことでしょうね」

なんか、なぐさめ方に心がこもってないんだよなあ……。ちょっとイラッときたから、お返しに聞いた。

「きみんちの親は、どうなのさ？」

「結婚《けっこん》しています」

「なんの仕事をしてるの？」

「コロンビア大学に勤《つと》めています」

なるほどね。両親ともに一流大学に勤《つと》める頭脳《ずのう》の持ち主だから、こんな子どもが生まれたわけだ。

「じゃあ、二人とも大学教授《きょうじゅ》ってわけか」

そのとき、シェルビーが足をぴたりととめたかと思うと、いきなり笑《わら》いだした。

「あの二人が？　うちの両親が、大学教授《きょうじゅ》だとおっしゃいましたか？　いったいどこから、そのような結論《けつろん》に達《たっ》したのですか？」

いきなり笑《わら》われて、カチンときた。

「笑《わら》うことないだろ？　両親がコロンビア大学で働《はたら》いてるって、きみが言ったんじゃないか！」

シェルビーは、一瞬《いっしゅん》ぼくの顔をじっと見つめた。そして、少しやわらかい口調《くちょう》で言った。

「あなたのことを笑《わら》ったのではありません。うちの両親が大学教授《きょうじゅ》だという思いつきを笑《わら》ったのです。父は大学事務局《じむきょく》の総務《そうむ》部長であり、母は学費《がくひ》支援《しえん》課《か》の補助職員《ほじょしょくいん》です。同じアパートに住んでいるのですから、あなたが近いうちに両親や兄のマイケルと顔を合わせる可能性《かのうせい》は、きわめて高いでしょう。ちなみに、兄は十六歳《さい》です。ほかに質問《しつもん》は？」

「えっと……」

こうあっさり答えられると、かえって言葉につまっちゃうよ……。

しばらくだまっていると、シェルビーの顔が、くしゃっとゆがんだ。

「すみません。同年代の方にプライベートな質問《しつもん》をされることに、慣《な》れていないもので。たいていの人は、わたしの能力《のうりょく》に気づくと、かかわりあいを避《さ》けようとするものですから」

ぼくもあやまろうとしたときには、シェルビーの関心《かんしん》はもう別《べつ》のところにうつっていた。空き店舗《てんぽ》の入り口に貼《は》ってあるビラを、じっと見つめている。

ぼくは、おずおずとたずねた。

「学校は、どこに通っているの？」

シェルビーは、古くなったビラをむしり取った。

「わたしたちは、同じ学校に通うことになるでしょう」

「なんでわかる――」

聞き返しかけて、思いなおした。どうせ、うちのアパートで何か見たんだろう。

引っこす前、母さんは何か月もかけてニューヨークの学校について調べ、アパートのすぐ近くに、ハーレム芸術《げいじゅつ》学校という公立校を見つけた。なんでも、「芸術《げいじゅつ》科目に力を入れている、すぐれた教育機関《きかん》」らしい。ぼくは、文芸科《ぶんげいか》に編入《へんにゅう》することになっている。

シェルビーは、ぼくの質問《しつもん》に先回りして答えた。

「わたしは、バイオリンを弾《ひ》きます。演劇《えんげき》も、少々たしなみます。潜入捜査《せんにゅうそうさ》の役に立ちますから」

潜入捜査《せんにゅうそうさ》だって？

シェルビーはきびきびした足取りで、角の理髪店《りはつてん》に向かった。店先には、おじさんたちが二、三人すわって、暑そうにパタパタ扇子《せんす》で顔をあおいでいる。

「これはこれは、シェルビー・ホームズじゃないか！」

ごま塩頭《しおあたま》がかなり白くなったおじさんが、ポケットから黄色いセロファンに包《つつ》んだキャンディーを取り出し、シェルビーにわたした。

「いっしょにいるのは、どちらさんかな？」

「ワシントンさん、こちらはジョン・ワトソンくんです。元軍医《もとぐんい》のお母上とともに、二二一番地A号室《ごうしつ》に引っこしてきたのです。ジョン、ワシントンさんはこちらの理髪店《りはつてん》を経営《けいえい》しておられます。この街《まち》で起こる事件《じけん》に、わたしと同じくらい通じていらっしゃる人物です」

ワシントンさんは、ぼくの頭からつま先まで、ざっとながめた。

「ふむ、ふむ、ふむ……」

ぼくはちょっと胸《むね》を張《は》った。第一印象《いんしょう》って、すごくだいじだからね。

「いいかね、きみ。髪《かみ》が伸《の》びたら、うちにおいで。最新《さいしん》流行の、いかしたヘアスタイルにしてあげよう。シェルビーのお友だちは、わしの友だちだ！」

さっきはピザで、こんどは散髪《さんぱつ》か！　なんでみんな、シェルビーにサービスしたがるんだろう？

シェルビーは手をふっておじさんたちに別《わか》れを告《つ》げ、通りをわたった。

「あなたはきっと、あの学校を気に入ることでしょう」

ん？　……ああ、さっきの話のつづきか。

「わたしもこんど、六年生に進級することになっています」

思わず縁石《えんせき》につまずいて、転びそうになる。

「きみって、いくつなの？」

「九歳《さい》です。しかし、二学年ほど飛《と》び級《きゅう》したのです」

なるほど、飛《と》び級《きゅう》か。ま、そりゃそうだよね……。

「九歳《さい》には見えないね。もう少し年下かと思ってたよ」

「その点については、自覚《じかく》しています」

シェルビーは、ひざまずいてアーサー卿《きょう》をなでた。

「別《べつ》に気にしておりません。むしろ、なるべく幼《おさな》く見えるように心がけています」

「なんで？」

ぼくなんか、早く一人前に扱《あつか》ってもらいたいって、そればっかり考えてるのに。

「大人は、子どもを見くびるものです。女の子の場合は、なおさらです。見くびられることにも、利点《りてん》があるのですよ。道でわたしを見かけたとしても、だれも気にとめないでしょう。たいていの人は、そうなのです」

シェルビーは、とくに悲観《ひかん》したようすもなく、平然《へいぜん》と言った。

「そのおかげで、わたしはターゲットに気づかれることなく、心ゆくまで観察《かんさつ》することができるのです」

ターゲットだって？　聞《き》き捨《ず》てならないけど、もうよけいなことは聞かないようにしよう。だって聞いたところで、この子が考えてることを理解《りかい》できるとは思えない。

「また、わたしは数年来、柔術《じゅうじゅつ》の稽古《けいこ》をしています。ですから、見かけよりは強いのです。言っておきますが、わたしを怒《おこ》らせるとこわいですよ」

うん、それはそうだろうね。知り合ってまだ二十四時間たっていないけど、シェルビーを敵《てき》に回しちゃまずいってことは、じゅうぶんわかったよ。

「こんどは、あなたの話をいたしましょう」

い、いきなりなんだよ？　ぼくの話って？

「あなたの名前について、なんとかしなくてはなりません」

「ぼくの名前の、どこが悪いのさ？」

「じつを申しますと、われわれの学年は一クラスで、ジョンという名前の少年があと二人います。ジョン・ウーはジョンと呼《よ》ばれ、ジョン・ブライアントはブライアントと呼《よ》ばれています。ですから、あなたにも呼《よ》び名《な》が必要《ひつよう》なのです。わたしは、ワトソンと呼《よ》ぶことにいたしましょう。あなたにお似合《にあ》いですよ。言っておきますが、もっとひどい呼《よ》び名《な》をつけられる可能性《かのうせい》もあったのです」

「わかったよ」

ぼくは、あきらめてうなずいた。どうせシェルビーは、好《す》きなように呼《よ》ぶにちがいない。

角をもうひとつ曲《ま》がったとき、シェルビーが目を見開いた。向《む》かい側《がわ》にある総菜屋《そうざいや》の前に、ライトをピカピカ点滅《てんめつ》させたパトカーがとまっている。

シェルビーは、うれしそうに両手をパチンとたたき合わせた。

「ワトソン、わたしの腕《うで》の見せどころです！」

第三章　落書き事件《じけん》

シェルビーは、アーサー卿《きょう》のリードをぼくに手わたすと、つかつかと警官《けいかん》たちのほうに歩いていった。

「こんにちは、おまわりさん。どうしましたか？」

白いエプロンをつけた白髪《しらが》のおじさんが、お店の中から出てきた。

「シェルビー、来てくれたのか！　見てくれ、こんなひどいことするやつがいるんだ！」

表のシャッターに、赤いスプレーで大きく「ＧＲＡ」と落書きされている。

シェルビーは、きびきびとした口調《くちょう》で言った。

「クリスさん、何があったのか、すべて話してください」

クリスさんが答えかけたとき、ベルトに警官《けいかん》バッジをつけた女の人が店から出てきた。

シェルビーを見るやいなや、うんざりしたようにまゆをひそめる。

「またあなたなの、ホームズ。あなたに指図《さしず》されなくても、わたしたちで対処《たいしょ》できるわ」

「もちろんですとも、レストレード刑事《けいじ》」

シェルビーは、にっこりとほほ笑《え》んで言った。お、笑《わら》った顔なんて、はじめて見たぞ。

でもなんか、ものすごくうそっぽい……。

レストレード刑事《けいじ》が言った。

「典型的《てんけいてき》な器物損壊《きぶつそんかい》ですからね。よくある事件《じけん》だわ」

「でしたら、ほんの少しだけ現場《げんば》を見せていただいても、かまいませんよね」

シェルビーは、むじゃきな声で刑事《けいじ》にたずねた。返事を聞く前に、クリスさんのほうに
向き直る。

「チョコレート・アイスキャンディーをいただけませんか。この事件《じけん》にいどむには、糖分《とうぶん》
がたっぷりと必要《ひつよう》になりそうです」

クリスさんは、すぐにうなずくと、お店にかけこんでいった。

レストレード刑事《けいじ》が、きびしい声をあげる。

「ホームズ！　言ったでしょう、この事件《じけん》はわたしたちが解決《かいけつ》するって」

「先月、サルバトールさんのピザ屋で起こった強盗事件《ごうとうじけん》のように、ですか？」

レストレード刑事《けいじ》は、すっと目を細めた。

「あれは……あなたの運がよかったのよ」

そうか、あの店で事件《じけん》を解決《かいけつ》したんだ！　どうりで、ただでピザをごちそうしてもらえるわけだよ。

「ほんの少し、見せていただくだけですから」

シェルビーは、リュックからメジャーを取り出した。落書きの文字を、あらゆる角度から測《はか》りはじめる。二、三歩あとずさり、さらに数歩下がった。何かブツブツつぶやいている。そこへクリスさんがもどってきて、アイスキャンディーをシェルビーに手わたした。

シェルビーは礼を言ってから、警官《けいかん》と話しあっている刑事《けいじ》に近づいた。

「刑事《けいじ》さんはすでにお気づきのこととは思いますが、犯人《はんにん》はアイルランド人で、身長約《やく》一八三センチ、右腕《みぎうで》の回旋筋蓋《かいせんきんがい》を傷《いた》めているようですね。おそらくは野球選手《せんしゅ》で、ピッチャー。これらの特徴《とくちょう》にあてはまる人物は、この近辺《きんぺん》にそう多くはいないと考えますが」

警官《けいかん》が、びっくりした顔でレストレード刑事《けいじ》にたずねた。

「本当ですか？　なんでこの子に、そんなことがわかったんでしょう？」

シェルビーが、得意《とくい》そうに説明《せつめい》を始めた。

「じつにかんたんです。一般的《いっぱんてき》に、人は自分の目の高さに文字を書きます。この落書きは、シャッターのかなり高い位置《いち》に書かれています。これで、犯人《はんにん》の身長がわかります。また、文字は右肩上《みぎかたあ》がりに書かれる傾向《けいこう》があります。しかし、この文字は右肩下《みぎかたさ》がりに書かれています。したがって、この人物の肩《かた》の可動域《かどういき》が制限《せいげん》されていると推測《すいそく》できます。GRAとは、ゲール語で『愛《あい》』を意味します。この向かいのアパートは、住民《じゅうみん》の多くがコロンビア大学に通うアイルランド人留学生《りゅうがくせい》であることから、リトル・ダブリンと呼《よ》ばれています。まずはそこから、聞きこみを始めるというのはいかがでしょう」

シェルビーは言い終わると、なぜか、鼻をひくひくさせた。

警官《けいかん》はうなずくと、きらりと目をかがやかせた。

「そうか、きみが例《れい》の女の子だね？　うわさは聞いているよ！」

レストレード刑事《けいじ》は、あわてて警官《けいかん》を追《お》い払《はら》った。

「まったく、最近《さいきん》の若《わか》いのときたら……」

小声でつぶやいてから、シェルビーのほうに向き直る。

「あいかわらず、あざやかな捜査《そうさ》ぶりね」

レストレード刑事《けいじ》の皮肉《ひにく》も、あざやかなもんだと思うよ。本音はまったく逆《ぎゃく》だって、ちゃんと伝《つた》わるんだから。

「ほかに何か、言いたいことは？」

シェルビーは、すっくと背《せ》すじを伸《の》ばして刑事《けいじ》と向かいあった。おしいことに、六十センチばかり身長が足りない。

「ちゃんと仕事をしていただければ」

うっわーっ！

この街《まち》に来たばかりのぼくにすら、警察《けいさつ》に向かって生意気な口をきくのはまずいってわかるよ。こりゃ、ただじゃすまないぞ……。

レストレード刑事《けいじ》はふんと鼻で笑《わら》うと、クリスさんに向き直った。

「何か、なくなっているものに気づいたら、連絡《れんらく》してください」

クリスさんは、とほうに暮《く》れた顔で立ちすくんでいる。

「心配は無用《むよう》です、クリスさん」

シェルビーは、ふてぶてしく腕《うで》を組んで言った。

「適当《てきとう》な人物にたのんで、この落書きをきれいに消しましょう。わたしは何人かに、ちょっとした貸《か》しがありますから」

背《せ》の低《ひく》い、小太りのクリスさんは、シェルビーの頭を軽くなでた。

「面倒《めんどう》をかけるね。チョコレート・アイスキャンディーをもう一本、どうだい？」

「言うまでもありません」

「お友だちの分は、どうする？」

シェルビーは、ぼくがまだそこにいることに、おどろいたような顔をした。

「ワトソンですか？　彼《かれ》は糖尿病《とうにょうびょう》なので、果物《くだもの》かナッツなどのほうがいいでしょう」

「え、なんで――」

聞き返しかけて、口をつぐんだ。シェルビーには、なんでもお見通しなんだ。

ぼくらは、家に向かって歩きだした。帰り道は、ほぼ無言《むごん》だった。シェルビーは、おいしそうにアイスキャンディーをなめている。

ぼくらが住むアパートが見えてきた。うちの部屋に招待《しょうたい》したほうがいいかなと一瞬《いっしゅん》思ったけど、シェルビーはさっさと歩きつづけ、外階段《そとかいだん》を上っていった。

「ごきげんよう、ワトソン」

そっけなくあいさつし、ふり返りもせずに玄関《げんかん》のドアをばたんと閉《し》める。

気がつけば、ぼくはアパートの外にポツンと立っていた。

さて、これからどうしよう？

第四章　母さんの言いつけ

「今日は、どんなことをした？」

母さんが、流しでイチゴを洗《あら》いながら、ぼくにたずねた。

「えっと……シェルビーといっしょに、近所をぐるっと回ってみたよ」

母さんは、一瞬《いっしゅん》だまりこんだ。

「シェルビーって、上の階に住んでいる子？」

「うん、そう」

そんなふうに聞き返さなくったって、ハドソンさん以外《いがい》は、シェルビーしかこのアパートに知り合いはいないじゃないか。

「……それは楽しそうね。どんなことがあった？」

さて、どのへんまで話したものか……。母さんの脳《のう》みそにはうそ発見器《はっけんき》みたいなものがあって、正直に言わないと、まちがいなく見ぬかれちゃうんだ。うちの母さんは、かなり話のわかるほうだと思うけど、限度《げんど》ってもんがあるからね。

「べつに、そのへんをぶらぶらしただけだよ。おいしそうなピザの店があった。それと、んー……家から十分以上《いじょう》はなれちゃった……かもしれない」

そこから、急に早口になった。怒《おこ》られないうちに、最後《さいご》まで話したかったんだ。

「でも、近所の人はみんなシェルビーのことを知っていたし、シェルビーはこの街《まち》をよく知っているから、だいじょうぶだと思ったんだ。それに、シェルビーはでっかい犬を連《つ》れてたし、空手も習ってるし、こわいとかあぶないとか、一度も思わなかったよ」

母さんが、手をふきながら言った。

「そりゃ、シェルビーはこの近所をよく知っているでしょうけど、あんたは気をつけなさいよね。ここは、わたしたちがこれまで暮《く》らしてきたどの町ともちがうんだから」

母さんはぼくにくぎを刺《さ》すと、戸棚《とだな》をあちこち開けはじめた。新しい家に引っこすと、いつもこうなんだ。どこに何がしまってあるか、まだおぼえてないからね。

「今日、食器類《しょっきるい》を出してくれた？」

ぼくは、いまだにキッチンとリビングに散乱《さんらん》している段《だん》ボール箱をちらっと見た。

「ううん」

母さんは、ため息をついた。

「少しは片《かた》づけておいてねって、言ったじゃない」

「ごめん」

ぼくは調理台《ちょうりだい》からハサミを取り出し、「台所用品」と書かれた段《だん》ボール箱を開け、目当てのお皿をさがしはじめた。

母さんが、ぼくの肩《かた》に両手をおいた。

「ねえ、ジョン。これからは、ずっとこの街《まち》で暮《く》らしていくのよ。もう何も、箱にしまっておく必要《ひつよう》はないの。ここが、わたしたちのわが家なのよ」

わが家か……。ぼくにはまだ、ずっとここに住むって実感《じっかん》がわかないんだ。父さんがいない生活も、イメージできない。

母さんは、ぼくの目の高さにかがみこんだ。

「引っこしには慣《な》れているけど、こんどの場合は、ちょっとちがうの。わかってるでしょ？」

ぼくは、うなずいた。母さんは、離婚《りこん》や、ケンタッキー州に帰った父さんとはなれて暮《く》らすことについて、ぼくがどう思っているかたしかめたいんだろうけど、あんまりはっきり言わない。

母さんはこわばったほほ笑《え》みをうかべ、ぼくを抱《だ》きしめた。

「この街《まち》でも、ちゃんとやっていけるわよ。あと二週間もすれば学校が始まるし、すぐに友だちもできるでしょう。いつもそうだったじゃない」

つまり、この大都会で、あと二週間もひとりぼっちってわけ？　母さんには仕事があるけど、ぼくには、引っこし荷物が入った段《だん》ボール箱しかないのに。

「明日の午後は、医療《いりょう》センターにいらっしゃいね。新しい主治医《しゅじい》の先生に紹介《しょうかい》するから。四時の予約だから、そのあとで、新しい職場《しょくば》を案内《あんない》するわ。タクシーのお金は、カウンターの上においておくわね。地下鉄やバスには、まだ一人で乗らないこと。いいわね？」

いいわねと聞かれたら、答え方はひとつしかない。

「うん」

だって、ほかに選択肢《せんたくし》はないんだ。それに、どうせすることもないしね。

第五章　依頼人《いらいにん》は同級生

次の日の午前中、ぼくはまたいくつか段《だん》ボール箱を開け、引っこし荷物を片《かた》づけた。でも、すぐに飽《あ》きちゃった。それで、早めにお昼を食べたあとは、外階段《そとかいだん》にすわっていた。いちおう日記帳を持ってはいるけど、ほんとのところは、待ってたんだ。そう、シェルビーをね。

一時間ばかりたったころ、玄関《げんかん》のドアが開いた。待ってたことに気づかれないように、さりげないふりをする。シェルビーが通りすぎようとしたとき、立ち上がって声をかけた。

「やあ、シェルビー！」

シェルビーは、みけんにしわをよせてふり返った。

「また、パトロールに連《つ》れていけというのですか？」

なんで、そんなにいやそうな顔をするんだろう？　ぼくは、しどろもどろに返事をした。

「ぼくはただ、ほら、きみたちといっしょに、近所をぐるっと歩いてみようかなって、そう思っただけなんだけど……」

やめときゃよかったか……。後悔《こうかい》しかけたとき、シェルビーが言った。

「そうですか。それでは、ついていらっしゃい」

歓迎《かんげい》してくれたわけじゃないけど、まあいいか。とにかく、なんか話さなきゃ。

「きみって、ほんとに探偵《たんてい》なんだ?」

シェルビーは、歩調をゆるめずに答えた。

「そうです」

「ふうん。探偵《たんてい》って、どんなことをするの?」

「事件《じけん》を解決《かいけつ》するのです」

「てことは、いつも——」

シェルビーが、ぼくをさえぎって言った。

「あなたのねらいはなんですか、ワトソン?」

ね、ねらいって、なんのこと? なんで急に怒《おこ》りだすのか、わけがわからない。

「……ぼくは、きみのことをもっと知りたいだけだよ。きみがやっていることって、すごくかっこいいと思うんだ。うっとうしかったらごめん。でも、新しい街《まち》に引っこしたら、そこで出会った人のことを知りたくなるもんだろ？」

「なるほど……」

シェルビーは、口調《くちょう》をやわらげた。

「なんらかのたくらみを持たずに質問《しつもん》してくる人に、慣《な》れていないものですから」

しばらくのあいだ、ぼくらはだまって歩きつづけた。シェルビーはおしゃべりする気分じゃなさそうだし、むりやりしゃべってもしょうがないしね。

やがて、シェルビーが口を開いた。

「これは、わたしがずっと得意《とくい》としてきたことなのです。幼《おさな》いころから、わたしは事実《じじつ》を記憶《きおく》し、状況《じょうきょう》を分析《ぶんせき》することに、関心《かんしん》を持っていました。わたしの兄も、同様です。兄は頭脳明晰《ずのうめいせき》です。しかし同時に、きわめて怠惰《たいだ》なのです」

「じゃあきみは、写真みたいな記憶力《きおくりょく》を持っているわけ？」

本で読んだり目で見たりしたものを、そのまま記憶《きおく》できる人がいるって聞いたことがあるけど、そういうことかな？

「あなたがおっしゃっているのは、直観像記憶《ちょっかんぞうきおく》のことですね。答えはノー、です。わたしは、手当たり次第《しだい》に事実《じじつ》を記憶《きおく》するわけではありません。わたしは観察《かんさつ》し、分析《ぶんせき》するのです。探偵《たんてい》は趣味《しゅみ》でしたが、二年前に、学校の図書館で盗難《とうなん》が相次《あいつ》いだことがありました。そのとき、わたしは証拠《しょうこ》を分析《ぶんせき》し、観察《かんさつ》のみを用いて、犯人《はんにん》を特定《とくてい》するに至《いた》ったのです」

「え？　……つまり、最初《さいしょ》の事件《じけん》を解決《かいけつ》したのは、七歳《さい》のときってこと？」

ぼくは感心していたのに、シェルビーは、侮辱《ぶじょく》されたような顔をした。

「はい、残念《ざんねん》ながら。もっと早く始めていれば、さらに多くの経験《けいけん》を積むことができたでしょうが。しかしながら、幸運《こううん》にもこの近所では事件《じけん》にこと欠《か》きませんので、ひまを持てあますことはありません」

やがてぼくらは角を曲がり、ベイカー通りにもどった。

アパートの建物《たてもの》に近づいたとき、外にだれか立っているのが見えた。大きな茶色の目に長い髪《かみ》の、お嬢《じょう》さまっぽい女の子だ。

「シェルビー！　たいへんなことになったの！」

「いったい、何があったのです？」

おいおい、相手がたいへんだって言ってるのに、そんなうれしそうな顔をするのは、ちょっとどうかと思うぞ？

「デイジーがいなくなったの！　三日後に、だいじなショーがあるのに！」

シェルビーはくちびるの端《はし》をつり上げ、会心の笑《え》みをうかべた。

「このシェルビー・ホームズにふさわしい事件《じけん》のようですね。少々お待ちを」

シェルビーはアーサー卿《きょう》を連《つ》れて、はずむ足取りで階段《かいだん》をかけ上がっていった。いっぽう、ぼくは女の子と二人きりで取《と》り残《のこ》された。とりあえず、名乗ってみる。

「あの、ぼくはジョン」

女の子は、ほおに一すじ流れた涙《なみだ》をぬぐった。

「わたし、タマラ。タマラ・レイシーよ」

「たいへんだね、きみの――」

言いかけて、あとがつづかないことに気づいた。デイジーって、だれだ？

タマラが、しゃくりあげながら言った。

「デイジーは、わたしの犬よ」

「わあ、そりゃこまったね……。きみ、シェルビーの友だち？」

タマラは、首を横にふった。

「そうじゃないの。学校が同じなだけ」

「そうなんだ？　ぼくもこんどから、同じ学校に通うんだよ！」

相手は飼《か》い犬《いぬ》がいなくなったばかりだっていうのに、ちょっと無神経《むしんけい》だったかな？　でも、思いがけず同じ学校の子に会えて、うれしくなっちゃったんだよ。

「ぼくは、文芸科《ぶんげいか》。きみは？」

「ダンス科よ」

タマラは、少しだけ笑顔《えがお》になった。

「じゃあ、ニューヨークに来たばかりなの？」

ああ、やっとふつうの話ができる相手を見つけたぞ！　パッと見ただけで、ぼくのすべてを見ぬいてしまわない人間だ！

「うん、このアパートに引っこしてきたんだ」

そこまで話したところで、シェルビーがもう建物《たてもの》から出てきた。

「さあ、まいりましょう！」

シェルビーが、高らかにさけんだ。タマラは、通りの向かいにとまっている黒いピカピカの自動車のほうへ歩きだした。

うーん、どうしよう。シェルビーはもちろん、例《れい》の仕事に取りかかるんだろう。だったら見逃《みのが》す手はないぞ！

「待って！」

二人の女の子が、何ごとかという顔でふり返る。

「ぼくも行っていい？」

タマラが、シェルビーをふり返った。

「あの人、あなたの相棒《あいぼう》なの？」

シェルビーは、鼻で笑《わら》った。

「わたしは、単独《たんどく》で仕事をしています」

「でもさ、ぼくらはまるで、シャーロック・ホームズとワトソンみたいじゃないか。ぼくも、軍隊《ぐんたい》での経験《けいけん》を生かして協力《きょうりょく》できるかもよ？」

シェルビーは、あきれたように目をクルッと回した。シェルビーにはったりをかますなんて、まずいことしちゃったかも……。

すごすごとアパートに引っこもうとしたとき、タマラが肩《かた》をすくめて言った。

「わたしは、別《べつ》にいいけど」

シェルビーに反論《はんろん》するすきを与《あた》えないように、ぼくはすばやく通りをわたった。そして、まんまといっしょに車に乗りこみ、難事件《なんじけん》の捜査《そうさ》に乗りだしたんだ！

第六章　捜《そう》査《さ》開《かい》始《し》！

シェルビーは、車に乗りこむや、さっそくタマラにたずねた。

「何があったのか、最初《さいしょ》から話してください」

タマラは、不安そうにひざの上で両手をよじり合わせながら、説明《せつめい》を始めた。

「今朝《けさ》目が覚《さ》めたら、デイジーがいなくなってたの。わたしが起きたとき、ベッドの上にいなかったんだけど、夜はたいてい下の階に行ってるから、とくに変《へん》だと思わなかったわ。それで、下に降《お》りていったんだけど、いなかったの。呼《よ》んでみても、出てこないし。わたしが呼《よ》べば、デイジーはかならず出てくるのよ。それで、家族みんなでマンションじゅうさがしたんだけど、見つからなかった。思いついたとこは、ぜんぶさがしたのよ。パパは警備員《けいびいん》に連絡《れんらく》したし。でもドア係は、ゆうべ寝《ね》る前にわたしが散歩《さんぽ》に連《つ》れていったあとは、デイジーを見ていないっていうし。まるで、煙《けむり》のように消えちゃったの」

事件《じけん》の経緯《けいい》に注意を払《はら》うべきだったけど、ほかのことが気になってしかたなかった。タマラのマンションって、エレベーターやドア係や、警備員《けいびいん》がいるんだ！　それに、お抱《かか》え運転手つきの高級車に乗っている。

タマラは声をふるわせ、言葉をつづけた。

「……信《しん》じられないわ。ショーは三日後よ。デイジーが優勝候補《ゆうしょうこうほ》だってことは、みんな知ってるわ。それなのに、デイジーが誘拐《ゆうかい》されたなんて、ほんと信《しん》じられない！」

さっきからタマラが言っているショーとは、マンハッタン・ケンネルクラブが毎年開催《かいさい》しているドッグショーのことだと、シェルビーが説明《せつめい》してくれた。デイジーは去年、小型《こがた》犬《けん》部門で準優勝《じゅんゆうしょう》したらしい。

シェルビーが、真剣《しんけん》な顔でたずねた。

「デイジーに、敵《てき》はいますか？」

思わずふきだしそうになって、ぐっとこらえた。だって、犬にどんな敵《てき》がいるっていうんだよ？

「いるわけないわ。デイジーは、世界一やさしい犬だもの。だけど……」

シェルビーが、身を乗りだしてたずねる。

「だけど、なんですか？」

タマラは、くちびるをかみしめた。

「たぶん、関係《かんけい》ないと思うけど……ここ半年、デイジーは元チャンピオンのフリフリから、いくつもタイトルをうばっているの。でも、フリフリの飼《か》い主《ぬし》がうちのマンションの場所を知ってるわけないし。だいいち、こっそり忍《しの》びこむなんてむりよ」

シェルビーは、自信《じしん》たっぷりにうなずいた。

「負け犬をあなどってはいけません」

ついに笑《わら》いをこらえきれなくなって、せきこんだふりをしてごまかした。

だって、本物の犬をつかまえて、負け犬って！

車は角を曲がり、果《は》てしなく広がる大きな公園に向かって走りだした。ニューヨークのことはまだよく知らないけど、これがセントラルパークにちがいない。運転手はさらに角を曲がり、塔《とう》が二つある、石造《いしづく》りの高層《こうそう》ビルのそばに車をとめた。

「着いたわ」

ドア係がタマラにあいさつし、複雑《ふくざつ》な造《つく》りのガラスを開けた。扉《とびら》の向こうは、広々としたロビーだ。大理石《だいりせき》の床《ゆか》に、重厚《じゅうこう》な木材《もくざい》の羽目板《はめいた》、立派《りっぱ》な壁画《へきが》。まるで、映画《えいが》のセットにいるみたいだ。世の中には、こんな建物《たてもの》に住んでいる人がいるんだ……。

タマラが、デスクの警備員《けいびいん》にたずねた。

「ハビエル、何か連絡《れんらく》があった？」

ドア係と同じグレーと赤の制服《せいふく》を着た警備員《けいびいん》は、重々しく首を横にふった。

「ございません。しかし心配いりませんよ、タマラさま。わたしどもがかならず、デイジーちゃんを見つけますから」

別《べつ》の従業員《じゅうぎょういん》が帽子《ぼうし》に手をやり、タマラの代わりにエレベーターのボタンを押《お》した。

エレベーターに乗りこむやいなや、シェルビーが声をひそめて話しだした。

「タマラさんに、お願《ねが》いがあります。ご家族や、これから会う人たち全員に、わたしをタマラさんの親友として紹介《しょうかい》していただきたいのです。わたしがここへ事件《じけん》の捜査《そうさ》をしにきたことを、知られるわけにはいきませんからね。タマラさんの親友ということにしておけば、ご家族にあやしまれませんし、捜査《そうさ》がしやすくなるのです」

「でも、家族は疑《うたが》わなくていいでしょ。みんな、デイジーのことが大好《だいす》きなんだもの」

エレベーターは、二十四階でとまった。レイシー家の住居《じゅうきょ》に一歩ふみこんだ瞬間《しゅんかん》、ぼくの足はぴたっととまった。マンションの建物《たてもの》は古そうに見えたのに、まるで未来の家に迷《まよ》いこんだみたいなんだ。何もかもが、ガラスや白い大理石《だいりせき》や、ピカピカ光る銀や、革《かわ》でできている。家具はどれも新しくて、高そうで、ものすごくこわれやすそうだ。そして、あちこちに、どっさり花を生けた大きなガラスの花びんがおいてある。ぼんやりしてたら、ぶつかってわってしまいそう……。

こんなすごい家、はじめて見た！

「よかった、帰ってきたのね！」

タマラそっくりの大きな茶色い目をした女の人が、タマラを抱《だ》きしめた。

「デイジーが心配なのはわかるけど、あんなふうに飛《と》び出《だ》してっちゃだめよ。これ以上《いじょう》家族が行方不明《ゆくえふめい》になったら、たまらないわ」

タマラも、ぎゅっと母親を抱《だ》きしめた。

「ごめんなさい、ママ。友だちをさがしにいってたの」

「タマラちゃんのお母さん、こんにちは！」

シェルビーが、わざとらしく明るい声であいさつする。

「そうです、わたしたちがその友だちです。とっても仲《なか》よしなんです！　わたしは、シェルビー・ホームズと申します。タマラちゃんとは、学校が同じなんです！」

そう言うと、シェルビーはとてつもなくおもしろいジョークを聞いたかのように、けたたましい声で笑《わら》った。

……これが、シェルビーのいう「潜入捜査《せんにゅうそうさ》」ってやつかな？　思ったより、演技《えんぎ》がイマイチだぞ……。

挙動不審《きょどうふしん》なシェルビーからみんなの注意をそらすために、ぼくはごくふつうに、タマラのお母さんと握手《あくしゅ》した。

「はじめまして、ぼくはジョン・ワトソンです。すてきなお宅《たく》ですね」

「ありがとう、ジョン」

シェルビーが、タマラとむりやり肩《かた》を組んで言った。

「ほんと、なかなかすてきなおうちですね。すっぽらしい！」

レイシー夫人《ふじん》は、シェルビーを見てちょっと首をかしげた。なんでこんなややこしいときに、新しい友だちを連《つ》れてきたのかって思ってるのかも。それも、こんな変《か》わった子を。

「二人とも、よく来てくれたわね。タマラの心配をしてくれて、ありがとう。デイジーがいったいどこに行ったのか、わたしたちには見当もつかないの」

まるでモデルみたいにきれいな人だ。若《わか》くて、母親というより、お姉さんみたい。髪《かみ》にひとすじの乱《みだ》れもなく、宝石《ほうせき》を十四種類《しゅるい》くらい身につけ、天《てん》まで届《とど》きそうな高いかかとの靴《くつ》をはいている（あんな靴《くつ》をはいて、どうやって歩くんだろう）。

タマラは、愛犬《あいけん》の行方不明事件《ゆくえふめいじけん》という緊急事態《きんきゅうじたい》に、注意を引きもどすように言った。

「パパはもう、警察《けいさつ》に連絡《れんらく》したの？」

レイシー夫人《ふじん》は、やさしく娘《むすめ》の肩《かた》を抱《だ》いた。

「いいえ、まだよ」

シェルビーがうんざりした声をあげ、大きく鼻を鳴らす。

「ああ、警察《けいさつ》など呼《よ》んではいけません。警察《けいさつ》に何ができるというのですか？　ふふん！」

……穴《あな》があったら入りたいってのは、こういうことを言うんだな……。

レイシー夫人《ふじん》はシェルビーに向かって、あいまいにうなずいた。

「タマラ、ちょっとこっちへ来て」

タマラとお母さんは、ぼくらがいる広いリビングからはなれた、別《べつ》の部屋に入っていった。たぶん、本当に友だちなのか、疑《うたが》われたんだろう。シェルビーは、革張《かわば》りのソファーにすわった。でも、ぼくは立ったままでいた。すわったら、汚《よご》しちゃいそうだから。

ぼくは、そっとシェルビーにたずねた。

「ねえ、だいじょうぶ？」

「もちろんです、わが友よ！」

わが友よ、って……。いつの時代の人間だよ？

「ちょっと、緊張《きんちょう》してるみたいだけど」

「そうですか？」

シェルビーは、ソファーの上でがっくりと肩《かた》を落とした。

「ふだんは、もっとうまく演技《えんぎ》できるのですが……。だれかの友人のふりをするのは、はじめての経験《けいけん》なのです」

「本物の友だちといるときみたいにしてればいいんだよ」

「ええ、そうですね」

シェルビーは、不自然《ふしぜん》なほどすばやく答えた。

ははあ、わかったぞ。本物の友だちが、あんまりいないんだな。もしかして、一人もいないのかも……？

そのとき、ろうかの向こうから、ガチャンという大きな音と悲鳴が聞こえてきた。

つづいて、犬の吠《ほ》える声がした。

第七章　デイジーとロキシー

シェルビーは、音がしたほうにかけていった。ぼくも、あわててあとにつづいた。

大きなキッチンでまっ先に目についたのは、タマラより少し年上の女の子だった。小さな黒い犬がエプロンをつけたおばさんに吠《ほ》えているのを、なだめようとしている。

おばさんは、顔をまっ赤にしてさけんでいた。

「その犬を、どこかへやってください！　キッチンに、動物を入れないでください！」

スーツを着た男の人がキッチンに入ってきて、指をパチンと鳴らした。

「ザリーン！　すぐに犬を外に出しなさい！」

ザリーンと呼《よ》ばれた女の子は、犬を抱《だ》き上《あ》げた。ひっきりなしに吠《ほ》える犬は、つまみだされる前に、ぼくに向かってさんざん吠《ほ》えていった。

ぼくは、思わずさけんだ。

「なんだ、見つかったんだね！　どこにいたの？」

シェルビーが、落ち着いた声で言った。

「あれは、デイジーではありません。デイジーは、キャバリア・キングチャールズ・スパニエルですが、あの犬はポメラニアンです。あれは、ザリーンが飼《か》っているロキシーです」

「で、ザリーンっていうのは――」

「タマラのお姉さんです」

男の人が、おばさんをふり向いた。

「だいじょうぶかね、ユージニア?」

ユージニアさんは、気が動転したように、ぶるぶるふるえている。

「はい、だんなさま。大きな声をあげて、申しわけありません。なにぶん、いきなりでしたので」

しゃべり方に、かすかになまりがある。

レイシー氏《し》が、ため息まじりに言った。

「娘《むすめ》には、よく言い聞かせておこう。毎度のことだが……」

いきなり、シェルビーが、ユージニアさんにたずねた。

「あなたは、イギリスのエセックス州のご出身ですね?」

ユージニアさんは、ほかにも人がいたことに気づいて、おどろいた顔をした。

「え、ええ、そうですよ。まあ、よくわたしのなまりに気づきましたね。ところで、おじょうちゃんはどちらさま？」

「その二人は、わたしの友だちなの」

ちょうど、タマラがキッチンに入ってきた。後ろから、レイシー夫人《ふじん》もやってくる。

ユージニアさんが言った。

「お友だちに、おやつをさしあげましょうか？」

ぼくは、シェルビーの顔を見た。また断《ことわ》らなきゃいいなって思ったんだ。こんな立派《りっぱ》なキッチンで出てくるおやつ、食べてみたいって思うのがふつうだよね。

シェルビーは、満面《まんめん》の笑《え》みをうかべた。

「今朝《けさ》お焼《や》きになった、クルミとチョコクリームをのせたブラウニー、ぜひいただいてみたいです」

言うなり、キッチンのすみに小さくしきられたテーブル席《せき》に、さっさと腰《こし》を下ろす。

「しかしながら、ワトソンにはリンゴのようなもののほうがいいでしょう。また、血糖値《けっとうち》の安定《あんてい》をうながすために、ピーナッツ・バターを少々いただけますか」

抗議《こうぎ》する間もなく、シェルビーはぼくをふり返って言った。

「夢中《むちゅう》になるあまり、時がたつのを忘《わす》れていました。あなたは、さぞ空腹《くうふく》でしょう」

図星だった。いつもなら、一時間ほど前におやつを食べていたはずだ。

ぼくらは、テーブル席《せき》に腰《こし》を下ろした。タマラとシェルビーの前におかれたブラウニーとミルクを横目に、ぼくは青リンゴをかじる。

シェルビーが、三つめのブラウニーを一口かじってから、たずねた。

「デイジーは、キッチンに入ったことがありますか？」

タマラは、ぶんぶんと首をふって答える。

「一度もないわ。ドアが開いていても、入ろうとしなかった。ちゃんとルールを知っていたの」

「では、ロキシーはどうですか？」

タマラはドアのほうをちらっと見て、声をひそめた。

「ロキシーにはいつも、手を焼《や》いているの。ザリーンはロキシーもショーに出したがっているんだけど、知らない人を見ると、かならず吠《ほ》えるのよね」

「でも、ユージニアさんは知らない人じゃありませんよ。あなたが生まれる前から、お宅《たく》で働《はたら》いていますから」

　タマラが、首をふる。

「ユージニアは、家族じゃないから吠《ほ》えられちゃうの。パパも、家族なのに吠《ほ》えられちゃうことがあるわ。犬の声がうるさいって、近所からも苦情《くじょう》が来るから、パパはロキシーがきらいなのよ」

　シェルビーは、ゆっくりとうなずきながら言った。

「興味深《きょうみぶか》いですね。それで、デイジーがすがたを消したとき、ロキシーはどこにいましたか？」

「ロキシーは、下の階のろうかで寝《ね》てるの。家具にかみつくから、もうザリーンの部屋で寝《ね》させてもらえなくなって。ほかの部屋もぜんぶドアを閉《し》めて、犬用の部屋だけ開けておくのよ。だから、夜のあいだはそんなにいたずらしないわ」

「デイジーがいないことにあなたが気づいたとき、ロキシーはどこにいましたか？」

「ろうかで、デイジーのおもちゃにかみついていたけど」

「そのおもちゃは、デイジーが寝《ね》るときにベッドに持っていくものですか？」

「ええ」

うなずいてから、タマラは片手《かたて》でひたいをパチンとたたいた。

「いま気づいたわ。デイジーはいつも、チワワのぬいぐるみと骨《ほね》の形のぬいぐるみを、ベッドに持ってくるの。でも、今朝《けさ》見たときは、ベッドの上になかった。きっと、夜中に起きて、ロキシーの相手《あいて》をしていたのね」

ぼくは、思わず口をはさんだ。

「でも、どうやってきみの部屋から出ていけたの？　ロキシーが入れないように、ドアを閉《し》めていたんだろう？」

どうだい、するどい質問《しつもん》だろう？　ぼくだって、捜査《そうさ》の役に立つんだぞ！

すると、シェルビーがあっさり答えた。

「それは、寝室《しんしつ》が上の階にあるからです。ロキシーはひとりで階段《かいだん》を上がるには小さすぎるか、階段《かいだん》をこわがるのでしょう」

タマラは、首をふりながら言った。

「じつは、その両方なの。ときどきロキシーは、階段《かいだん》に吠《ほ》えていることもあるわ」

「上の階には、外への出入り口がありますか？」と、シェルビーがたずねた。

「ひとつもないわ」

「では、ロキシーがいるろうかを通らずに、家を出ることは可能《かのう》ですか？」

「いいえ。外に出るドアはひとつだけよ」

「お家の中を、案内《あんない》していただけますか？」

タマラがうなずいたとき、ろうかから呼《よ》ぶ声がした。

「タマラ！」

「ちょっと待ってて」

そう言って、タマラはキッチンを出ていった。

しばし、シェルビーは目を閉《と》じていた。そのあいだ、ぼくはわかったことをつなぎ合わせようとしてみた。デイジーがいなくなることを望《のぞ》むのは、いったいだれだろう？

「もしかして、料理人《りょうりにん》のユージニアさんがやったんじゃないか？」

シェルビーは、目を閉《と》じたまま、即答《そくとう》した。

「ちがいます」

「ブラウニーをもらったから、かばってるんじゃないだろうね？」

シェルビーは、やっと目を開けた。じろりとぼくをにらむ。

「わたしは、買収《ばいしゅう》などされません」

「わかった、わかった。でも、あの人は犬がきらいじゃないか。デイジーに近づくことだってできただろうし」

すると、シェルビーは、からかうような口調《くちょう》で言った。

「『軍隊《ぐんたい》での豊富《ほうふ》な経験《けいけん》』をお持ちのあなたが、そんな結論《けつろん》に至《いた》ったとはおどろきですね。そんなことより、ワトソン。いましがた、大きな手がかりがさしだされましたね」

「手がかりって？」

「デイジーを連《つ》れ出《だ》した人物は、ロキシーのそばを通りすぎるか、近づかなくてはならなかったはずです。しかし、昨夜《さくや》も、今朝《けさ》も、ロキシーは吠《ほ》えませんでした。不思議《ふしぎ》ではありませんか？」

「なんで？」

「なぜなら、あの犬はほぼだれにでも吠《ほ》えるからです。つまり、デイジーを誘拐《ゆうかい》した犯人《はんにん》は、ロキシーがよく知っている人物だということです。すなわち、家族のだれかか、親しい友人です。さもないと、ロキシーはその人物にはげしく吠《ほ》えたはずですから」

ははあ、なるほど。

「どうやら、家族全員を容疑者《ようぎしゃ》リストに入れることになりそうですね」

第八章　家族全員、容疑者《ようぎしゃ》

タマラの部屋のインテリアは、どこもかしこも、ピンク色だった。ピンクじゃない部分は、ひらひらのフリル。ピンク色の鏡台《きょうだい》の上には、ダンスコンテストやドッグショーの優《ゆう》勝《しょう》トロフィーがいっぱい。ベッドの上には、目のまわりが茶色い、白黒ぶち犬の大きな絵が飾《かざ》ってある。

シェルビーが、落ち着いた声でたずねた。

「デイジーはふだん、どこで眠《ねむ》るのですか？」

ベッドにすわっていたタマラは、自分の隣《となり》を軽くたたいた。するとシェルビーは、ベッドの上にぴょんと飛《と》び乗《の》り、犬みたいに両手足をついた。ピンク色のレースの羽布団《はねぶとん》に顔を近づけ、しばらくかぎまわってから、床《ゆか》に飛《と》び降《お》りる。そしてそのまま、調査《ちょうさ》（？）を続行《ぞっこう》した。

タマラが「なんなの？」という顔でぼくを見たけど、肩《かた》をすくめるしかなかった。ぼく

だって、さっぱりわからない。

シェルビーは床《ゆか》にはいつくばり、ドア周辺《しゅうへん》のにおいをクンクンかぎながら言った。

「では、デイジーはこのようにして部屋を出たのですね？」

「ええ……」

タマラが、ひきつった顔でうなずいた。シェルビーに相談《そうだん》したことを、後悔《こうかい》しているのかも。

部屋を出ていったシェルビーを追いかけて、タマラとぼくはろうかに出た。

シェルビーは、ろうかの向《む》かい側《がわ》にある二つの部屋を、あごで示《しめ》した。

「あちらは、何ですか？」

「あっちは、ザリーンとゼインの部屋よ」

タマラは、そのうちの一部屋のドアを開けた。

「ザリーンとゼインは、ふたごなの」

シェルビーは立ち上がり、ザリーンの部屋を見わたした。この部屋の壁《かべ》は、明るい黄色だ。タマラの部屋より、ずっとすっきりしている。そして、トロフィーが少ない。しかも優勝《ゆうしょう》トロフィーじゃなくて、三位とか四位のばっかりだ。

シェルビーみたいな天才じゃなくても、ザリーンにはデイジーを誘拐《ゆうかい》する動機《どうき》があっただろうって、かんたんに想像《そうぞう》がつく。妹のタマラが優勝《ゆうしょう》トロフィーをひとり占《じ》めしてるうえ、タマラが飼《か》っているお利口《りこう》な犬は、こんどの土曜日のドッグショーで優勝《ゆうしょう》まちがいなしだ。それに、ロキシーは、ザリーンにはぜったいに吠《ほ》えないだろう。

つづいて、隣《となり》のゼインの部屋に入る。一歩入ったとたん、ぼくの胸《むね》は期待《きたい》にふくらんだ。ゼインって、ぼくと気が合いそうなタイプなんだ。こい青色の壁《かべ》には、野球《やきゅう》やバスケの選《せん》手《しゅ》のポスターがずらっと貼《は》ってある。タンスの上にならんだ写真はどれも、遊園地《ゆうえんち》や野球《やきゅう》場《じょう》で友だちにかこまれて笑《わら》っている場面だ。

残念《ざんねん》ながら、シェルビーはゼインの部屋にはとくに関心《かんしん》を示《しめ》さず、またすぐにろうかに出た。壁《かべ》ぎわにおいてある飾《かざ》りだなの上を、人さし指でなでる。指先を見て、シェルビーはため息をついた。

「このお宅《たく》はとても清潔《せいけつ》で、チリひとつ落ちていませんね」

ぼくは、わけもわからずたずねた。

「それって、悪いことかな？」

シェルビーは背《せ》をかがめ、飾《かざ》りだなの天板に目の高さを合わせた。

「ほこりやチリは、探偵《たんてい》の強い味方なんですよ」

タマラが、しびれを切らしたように口をはさんだ。

「それで、手がかりは見つかったの？」

「ええ、少しばかりは」

シェルビーはまた床《ゆか》に両手をつき、犬みたいなかっこうでうろうろ歩きはじめた。

「えーっと……何してんの？」

階段《かいだん》のほうから、声が聞こえた。ふり返ると、ゼインが立っていた。大きなスポーツバッグを肩《かた》にかけ、バスケットボールをかかえている。

「デイジーのことで、何か連絡《れんらく》はあったか？」

タマラの目から、涙《なみだ》があふれ出した。

「ううん、なんにも……」

「心配すんなよ、タマラ。きっと見つかる――」

ゼインは、急に口をつぐんだ。あっけにとられたように、シェルビーを見下ろしている。

シェルビーはというと、飾《かざ》りだなのすみっこをクンクン熱心《ねっしん》にかぎまわっていた。

まずいぞ、なんとかしなきゃ。だってこれは、ふつうの男子と友だちになる、絶好《ぜっこう》のチヤンスなんだ。急いでゼインの視界《しかい》にわりこみ、自己紹介《じこしょうかい》する。

「やあどうも、ぼくはジョンだよ」

ゼインはぼくを見て、ちょっとうなずいた。

「ゼインだ」

ゼインの顔は、不気味《ぶきみ》なくらいザリーンと似《に》ていた。横顔も、切れ長の目もそっくりだ。

「よろしくな、ジョン。きみも、このマンションに住んでるのか？」

「いやあ……」

こんなすごいマンションに住んでるように見えるかと思うと、悪い気はしない。

「そうじゃないんだ。ぼくは、タマラの友だちなんだよ」

「あの子も、きみの友だち？」

お尻《しり》を高々とつき出しているシェルビーを指さして、ゼインがまゆをひそめる。

「いや、シェルビーとは、同じアパートに住んでるだけだよ。二日前に出会ったばかりなんだ。じつはつい最近《さいきん》、メリーランド州から引っこしてきたとこでさ」

「そうなんだ。バスケは得意《とくい》？」

ゼインは、ぼくにボールをパスした。ありがたいことに、うまくキャッチできた。

「うん、まあね」

さりげない感じで答えたけど、内心《ないしん》は、誘《さそ》ってほしくてたまらない。学校が始まって友だちができるまで、あと二週間も待ってられないよ。

だけど、ゼインとなんの約束《やくそく》もしないうちに、タマラがしくしく泣《な》きだした。タマラは、飾《かざ》りだなの上の写真を手に取った。

「さらわれたデイジーが、どこかでひどい目にあっているかと思うと、たまらないわ」

シェルビーは立ち上がり、両手をショートパンツでぬぐった。

「誘拐《ゆうかい》した人物に、デイジーを傷《きず》つける意図はありません。犯人《はんにん》は、デイジーがよく知っている人です」

タマラの顔が、赤くなった。

「ちょっと待ってよ。なんでそんなことがわかるの？」

「なぜなら、デイジーが誘拐《ゆうかい》されたとき、ロキシーが吠《ほ》えなかったからです」

タマラは、ポカンと口を開けた。

「そういえば、そうだわ！　わたし、思いつきもしなかった！」

タマラがふるえる手で、写真立てを飾《かざ》りだなにもどす。その手が、とまった。

「あら？　ちょっと待って……」

タマラは、写真立てを一つ一つ調べはじめた。

「写真が一つ、なくなってるわ」

「本当ですか？」と、シェルビーが勇《いさ》んでたずねる。

ゼインが、飾《かざ》りだなに近づきながら言った。

「かんちがいじゃないか？　きっと、ママが別《べつ》の場所に持ってったんだよ。模様《もよう》がえだなんだって、しょっちゅういろいろやってるじゃん」

「でも、きのうはここにあったわ。シェイラが遊びに来たとき、家族でロンドンに行ったときの写真を見せたもん。あの写真は、まちがいなくここにおいてあった」

タマラは、左側《ひだりがわ》のすみを指さした。

シェルビーが、するどく追及《ついきゅう》する。

「どんな写真立てでしたか？　クリスタル製《せい》ですか？　アンティークですか？」

ゼインが、きっぱりとした口調《くちょう》で答えた。

「ここにおいてある写真立ては、どれも安物だよ。この階には、価値《かち》のあるアンティークはあんまりおいてないんだ」

「なるほど。ザリーンが、夢遊病《むゆうびょう》だからですね」

シェルビーは、おどろいているぼくらにはかまわず、つづけた。

「ザリーンの部屋を見て、すぐにわかりました。まどに補助錠《ほじょじょう》がつけられ、分厚《ぶあつ》いカーテンが引かれ、ドアには鈴《すず》がつけられ、タンスの上に薬がおいてありましたから。あれで気づかなければ、探偵失格《たんていしっかく》です」

ゼインがポリポリ頭をかきながら、あきれたように言った。

「なるほどね。だからさっき、あんなことをしてたのか。タマラの友だちが来てるってママが言ってたけど、まさか探偵《たんてい》だったとはね……」

タマラが腕組《うでぐ》みをして、いどむように言った。

「ちょっとゼイン、言っとくけど。シェルビーはうちの学校で一番頭がいいのよ。ダンス科の募金《ぼきん》パーティーでお金が盗《ぬす》まれたときも、このシェルビーが解決《かいけつ》したんだから。校長先生が警察《けいさつ》に通報《つうほう》するひまもなかったくらい、あっという間だったわ」

ゼインは、声をあげて笑《わら》った。

「へー、そう。それじゃあ、お手なみ拝見《はいけん》といこうか！」

シェルビーは、ゼインのいやみを無視《むし》してたずねた。

「昨夜《さくや》、ザリーンが発作を起こしたかどうか、わかりますか？」

ゼインは、ポケットに両手をつっこんで言った。

「起こしてないよ。ザリーンはもう、ほとんど発作を起こさないんだ」

そのとき、階段《かいだん》のほうから大声が聞こえてきた。

「ああもう、やっぱりね！」

ザリーンが、足音高く階段《かいだん》を上ってきた。肩《かた》までの髪《かみ》が、踊《おど》るようにはねている。

「ぜったいあたしのせいにされるって思ったわ。でも、あたしはやってないわよ！　お利《り》口《こう》なタマラちゃんが、自分でかくしたって可能性《かのうせい》もあるんじゃないの？」

タマラも、負けずにどなり返す。

「だってお姉ちゃんは、わたしにやきもちを焼《や》いてばっかりじゃない！」

ゼインが、ザリーンの肩《かた》を抱《だ》いた。

「タマラの言うことなんかほっとけよ、ザリーン」

タマラが、いまいましそうに言った。

「なによ、ゼインはいつだってザリーンに味方するんだから」

ゼインが、末《すえ》の妹をさとすように言う。

「ザリーンに八つ当たりするなよ、タマラ。みんな、デイジーを見つけだすために、精《せい》いっぱいやってるんだ。そしてザリーン、おまえがやったなんて、だれも思ってないよ」

タマラがずいっと前に出て、ザリーンの顔をにらみつけながら言った。

「うそよ、わたしは思ってるわ。ザリーンがやったのよ！」

仲裁《ちゅうさい》に入ったゼインを押《お》しのけながら、タマラがさけぶ。

「なんで、わたしが自分の犬をかくそうとするのよ？」

ザリーンが、兄の腕《うで》にすがりついたまま言い返す。

「だって、あんたは注目されるのが好《す》きだから！　ゼインだって、わかってるでしょ？　タマラがゆうべのうちにデイジーを連《つ》れ出《だ》して、友だちにあずけることができたって。そうすれば、ママとパパが大さわぎしてかまってくれるんだもの。よくもそんなひどいことができたもんだわ！」

まもなく、レイシー夫人《ふじん》がどなりながら階段《かいだん》を上がってきた。

「けんかするんじゃありません！　デイジーがいなくなって心配なのは、みんな同じなのよ！」

タマラが、甘《あま》えた声でたずねた。

「ママ、ロンドンで撮《と》った写真をどこかへやった？」

「いいえ」

レイシー夫人《ふじん》は飾《かざ》りだなに近づき、写真立てを見わたした。そして、ザリーンをふり返った。

「ザリーン、寝《ね》ているときにひっくり返しちゃったの？」

「なんでみんな、なにもかもあたしのせいにするのよ！」

ザリーンは自分の部屋にかけこみ、ドアを閉《し》めてしまった。

またしても、ろうかは罵声《ばせい》と非難《ひなん》が飛《と》び交《か》う戦場《せんじょう》となった。そのうえ、レイシー夫人《ふじん》まで参戦《さんせん》して、ザリーンの部屋のドアをバンバンたたきはじめる。

シェルビーが、あきれたように首をふって言った。

「まさに『コックが多けりゃ、料理《りょうり》はめちゃくちゃ』という事態《じたい》ですね」

「そうか、コックだ！」

ぼくは、思わずさけんだ。犬ぎらいの料理人《りょうりにん》って、やっぱあやしくないか？

でもシェルビーは、うんざりしたようにうめいた。

「ですから、キッチンで説明《せつめい》したように、ユージニアさんは犯人《はんにん》ではありません。キッチンに入ったとき、何に気づきましたか？」

「え、何って……」

ぼくは、キッチンにかけこんだときのことを思いうかべた。

「雑誌《ざっし》の表紙になりそうな、ものすごく巨大《きょだい》なキッチンだってことのほかに？　ちっこい犬がキャンキャン吠《ほ》えてて、ザリーンがなだめようとしてたよ。そして、お父さんにどなられてた」

「それだけですか？」

「うん……」

だって、ほかになんかあったっけ？

「では、わたしが見たものをお話ししましょう。ユージニアさんは、カウンターに追いつめられていました。ザリーンがロキシーを抱《だ》き上《あ》げるやいなや、ユージニアさんは引き出しに飛《と》びつき、吸入器《きゅうにゅうき》を取り出して、急いで吸《す》いこみました。それから、鼻をかみました。つまり、極度《きょくど》の犬アレルギーなのです。だから、キッチンに犬を入れてはいけなかったのです。また、カウンターの上にクルミの袋《ふくろ》が出ており、ブラウニーの型《かた》が洗《あら》って乾《かわ》かしてありました。わたしは二年前、タマラがクルミとチョコクリームをのせたおいしそうなブラウニーを食べているのを見たことがあります。それで、今朝《けさ》ユージニアさんがなんのお菓子《かし》を焼《や》いたかわかったのです」

「ちょ、ちょっと待って。二年も前の、友だちでもない子が食べてたお菓子《かし》をおぼえてたの？」

「わたしは、おいしそうなお菓子《かし》のことは、けっして忘《わす》れないのです」

シェルビーは、舌《した》なめずりしそうな顔で言った。それから、まじめな顔になった。

「本題《ほんだい》にもどりましょう。ユージニアさんがデイジーを誘拐《ゆうかい》できない理由《りゆう》は、二つあるということです。ひとつ、先ほどわれわれが目撃《もくげき》したとおり、ロキシーはユージニアさんに吠《ほ》えたはずです。そしてもうひとつ、ユージニアさんは、犬アレルギーだからです」

「なるほど……」

レイシー家のどなりあいは、うるさくなる一方だ。シェルビーは、小声で言った。

「見ることと観察《かんさつ》することとはちがうのですよ、ワトソン。目の前の情景《じょうけい》全体を、しっかりと観察《かんさつ》することを学ばねばなりません。たいていの場合、答えは目の前にあるのです」

すごいいきおいで吠《ほ》える犬に気を取られて、ほかのものが見えてなかったってことか。よし、これからはもっと気をつけて、しっかり観察《かんさつ》するぞ。これからぼくは……。

そのとき、心臓《しんぞう》がとまりそうになった。そうだ、これからぼくは、母さんと待ち合わせをしてたんだった！

「いま、何時？」

かすれた声でたずねると、シェルビーは、さりげなく腕時計《うでどけい》を見た。

「三時二十八分です」

「四時に、コロンビア大学の医療《いりょう》センターで母さんと待ち合わせをしてたんだ。遅刻《ちこく》したら、母さんに殺《ころ》されちゃう」

シェルビーは、平然《へいぜん》とした顔で言った。

「それならば、あなたはそちらへ向かったほうがいいでしょう」

そちらへ向かう？　ここがどこかもわからないのに、そちらもこちらもあるもんか。ここからタクシーに乗って、お金が足りるかどうかも、間に合うかどうかもわからない。

「タクシーに乗ったら、間に合うと思う？」

シェルビーは、ふんと鼻を鳴らした。

「ニューヨークの交通事情《こうつうじじょう》をご存《ぞん》じないのですか？　まずむりですね」

もう、頭の中がまっ白だ。果《は》てしなくつづくレイシー家のどなりあいが、パニックにいっそう拍車《はくしゃ》をかける。

「一系統《けいとう》にお乗りなさい」

「え、何って？」

シェルビーは、あきれたように天をあおいだ。

「八十六丁目の駅から、北方面行きの地下鉄の一系統《けいとう》に乗り、百六十八丁目の駅で降《お》りるのです。十五分ぐらいで着くでしょうから、じゅうぶん間に合います。ただし、いますぐ出なければなりませんが」

そう言われても、ぼくはかたまったまま動けなかった。

「ああー、もうっ、しかたない！」

シェルビーが、大声でさけんだ。その声で、ようやくレイシー家の人々もだまりこんだ。

「いいでしょう、わたしが案内《あんない》します。どうせこの状態《じょうたい》では、レイシー家のみなさんにちゃんと話を聞けそうにありませんから」

シェルビーは、レイシー家の人たちに向き直った。

「明日の朝一番に出なおしてきて、お宅《たく》の内部とマンションの建物《たてもの》を見せていただきます。それまで、何も動かさないように気をつけてください。また、みなさんが心を落ち着けて、デイジーがきのうの夜に散歩《さんぽ》に出てからの出来事をすべて思い出しておいていただけると助かります。よろしいですか？」

レイシー夫人《ふじん》が、目を大きく見開いた。

「え、なんですって？　どういうこと？」

ゼインが笑《わら》う。

「この子、タマラの学校では有名な探偵《たんてい》なんだってさ」

シェルビーはゼインを無視《むし》し、タマラに言った。

「あなたは、家族のみなさんに説明《せつめい》しておいてください」

タマラはうなずいた。ザリーンとお母さんは、わけがわからないという顔をしている。

シェルビーは、肩《かた》ごしにぼくをふり返った。

「ついていらっしゃい、ワトソン」

第九章　大ショック！

シェルビーは地下鉄の駅までぼくを案内《あんない》した。

ドラマや映画《えいが》なんかで、ニューヨークの地下鉄は数えきれないほど見てきた。その地下鉄にこうして乗ってるなんて、信《しん》じられない……と感慨《かんがい》にひたっていたら、いきなり急停《きゅうてい》車《しゃ》して、転びそうになる。

気を取りなおして、いろんな色の線が書きこまれた路線図《ろせんず》をじっくりながめた。自由の女神像《めがみぞう》、コニーアイランド、ヤンキースタジアム、マジソンスクエアガーデン、リトルイタリー――ほとんどぜんぶ、地下鉄で行けるんだ！

ぼくは、うきうきしながら、シェルビーにたずねてみた。

「きみがニューヨークで一番好《す》きな場所は？」

「図書館です」

図書館？　本を読むのはぼくも好《す》きだけど、ニューヨークには高層《こうそう》ビルや美術館《びじゅつかん》もあるし、有名人もいっぱい住んでいるじゃないか。もっとわくわくする場所があるだろう？

でも、シェルビーは目を閉《と》じ、何やらひとりごとを言いはじめた。

ニューヨークの街《まち》について、ぼくと語りあう気はないみたい。そこで、シェルビーが興《きょう》味《み》を示《しめ》すに決まってる話題《わだい》を持ち出してみた。

「きみは、デイジーに何があったんだと思う？」

シェルビーは、肩《かた》をすくめた。

「いまのところ、可能性《かのうせい》は無数にあります。住居《じゅうきょ》を適切《てきせつ》に調査《ちょうさ》し、警備員《けいびいん》と直接《ちょくせつ》話す必要《ひつよう》があります。そうするのが一日遅《おく》れることは、おおむね不利《ふり》となります。人々の記憶《きおく》が新しいことが、必須条件《ひっすじょうけん》なので。しかしながら、ドッグショーまでは、丸二日あります。それだけ時間があれば、犯人《はんにん》がミスを犯《おか》すことが期待《きたい》できるでしょう」

「なくなった写真立ては、デイジーを誘拐《ゆうかい》した犯人《はんにん》と関係《かんけい》あると思う？」

「あるかもしれません。ときには、きわめて小さな手がかりが、大きな発見につながることもありますから」

ぼくは、うなずいた。

「捜査《そうさ》のじゃまをしちゃってごめんね。助けてくれて、すごく感謝《かんしゃ》してるよ」

「わたしは、ひと助けをすることに慣《な》れています。もっとも、ふだんは個人的《こじんてき》な観光案内《かんこうあんない》などではなく、もっと重要《じゅうよう》なことがらなのですが」

思わずムカッとしたけど、思いなおした。だって、シェルビーの言うとおりなんだから。

そのとき、ふとあることが頭にうかんだ。

「きみとタマラは学校が同じだけど、友だちじゃないんだよね。都合《つごう》のいいときだけたよりにされるのって、いやじゃない？」

シェルビーは、肩《かた》をすくめた。

「これがわたしの仕事ですから」

シェルビーは目をそらし、中づり広告《こうこく》を読みはじめた。でも、気を悪くしたのはまちがいない。ま、そりゃそうだよね。

悪いこと言っちゃったよ。ぼくのために、案内《あんない》してくれてるのに。何か、シェルビーがよろこぶようなことを言おう。感謝《かんしゃ》を示《しめ》さなきゃ。そう思って、ぼくはおずおずと言った。

「そうだ。よかったら明日、何かごちそうさせてよ。たとえばそう、すっごく甘《あま》いお菓子《かし》とかさ。アパートの近くに、パン屋かアイスクリーム屋ってある？　おごるからさ」

「その必要《ひつよう》はありません」

「わかってるよ。でも、そうしたいんだよ」

すると、シェルビーはぼくに向き直った。なんで？　怒《おこ》った顔してるよ！

「やめてください、ワトソン」

「やめるって、何を？」

「友だちのようにふるまっていても、学校では、わたしのことなど、知らないふりをするのでしょう。みんなそうでした。わかっているのです」

ぼくは、あっけにとられていた。

シェルビーが、かたい表情《ひょうじょう》でつづける。

「わたしは、自分が変《か》わり者《もの》であることを自覚《じかく》しています。しかし、非常《ひじょう》に優秀《ゆうしゅう》な探偵《たんてい》であるとも自負しております。わたしに必要《ひつよう》なのは、この事件《じけん》を解決《かいけつ》することです。友だちなど、必要《ひつよう》ありません。はっきり申し上げて、迷惑《めいわく》なのです」

地下鉄が駅にとまり、シェルビーは降《お》りていった。ぼくは、ぼう然《ぜん》と立ちすくんでいた。信《しん》じられない。シェルビーが、そんなふうに思っていたなんて。

シェルビーが、地下鉄のドアの向こうからさけんだ。

「ワトソン！　あなたが降《お》りる駅ですよ」

発車のベルが鳴りひびくなか、あわててホームに飛《と》び降《お》りた。シェルビーに言いたいことが、頭の中でぐるぐる回っている。じっとだまりこんでいるぼくを、シェルビーはコロンビア大学医療《いりょう》センターまで連《つ》れていった。主治医《しゅじい》の先生との面会時間まで、四分ほど余《よ》裕《ゆう》がある。あらためてお礼を言ったけど、シェルビーはうなずきもしなかった。こんなにはっきりと友だちになることを拒否《きょひ》されたのは、はじめてだ。

まあ、シェルビーがぼくと友だちになりたくないっていうなら、ほかの友だちを作るまでのことさ。学校が始まれば、たくさんの子に会えるしね。うん、そうだそうだ。明日から、地図を調べて、ひとりで街《まち》に出かけよう。そして、いろんな人と知りあうんだ。シェルビーがいなくても、だいじょうぶさ。

でも、だったらなんで、こんなにショックなんだ？

第十章　ピザを食べながら

「ジョン、どうしたの？」

その日の夕方、近所を散歩《さんぽ》しながら、母さんがぼくの目の前でひらひらと手をふった。

「だいじょうぶ？　なんか、ぼんやりしているみたいだけど」

「んー、別《べつ》に……」

シェルビーと別《わか》れたあとは、最悪《さいあく》の気分だった。結局《けっきょく》、ぼくはシェルビーを利用《りよう》していただけだったのか？　そりゃ、引っこしてきたばかりだから、シェルビーの助けが必要《ひつよう》だったのはたしかだ。でも、シェルビーといっしょにいると、なんか楽しかったっていうのも事実《じじつ》だ。セレブ犬誘拐事件《ゆうかいじけん》の捜査《そうさ》なんておもしろそうなこと、はじめてだったし。

「医療《いりょう》センターに来るまでは、何してたの？」

「とくになんにも……」

「『とくになんにも……』？」

母さんはぼくの口まねをして、首をかしげた。

ふだんのぼくは、もっと口数が多いんだ。けど、誘拐事件《ゆうかいじけん》のことを話すわけにはいかない。よく知らない人の家に上がりこんだなんて言ったら、母さんは怒《おこ》るに決まっている。

「あら、まあ」

母さんが、小さく声をあげた。ふと見ると、ビリーがゴミ箱をあさっている。

ぼくは、とっさにうつむいた。ゴミをあさる人間と知り合いだって母さんにばれたら、ちょっと面倒《めんどう》なことになる。

母さんは、バッグの中をさぐりはじめた。

「ああいう人にお金をあげるのは、よくないかもしれないけど……おなかをすかせた人を見て、ほっとくわけにはいかないわ」

ちょうどそのとき、ビリーが顔を上げた。

「おう、きのうの兄ちゃんじゃねえか！」

母さんは、ビクッと体をふるわせた。バッグのジッパーを閉《し》め、しっかりと抱《かか》えこむ。

「兄ちゃん、シェルビーの友だちだろう？」

ぼくは、こくんとうなずいた。母さんのほうを、なるべく見ないようにしながら。

「わりいけど、伝《つた》えといてくんねえかなあ。万事異状《ばんじいじょう》なしって。なんもネタはないってよ」

「うん、わかった」

ぼくは、足早に通りすぎた。でも、あんまり急ぐことはできない。母さんはまだ、軽く足を引きずるんだ。

母さんが、小声でたずねる。

「知ってる人なの？」

「シェルビーの知り合いだよ。あの人、廃棄物再利用主義者《はいきぶつさいりようしゅぎしゃ》なんだ。つまり、ゴミ箱に捨《す》てられたものしか食べないいんだよ」

母さんは、おどろいた顔でビリーをふり返った。そして、感心したように笑《わら》った。

「ニューヨークって、すごいとこね！」

うん、まったくだよ……。

ぼくは「サルバトールの店」の前で立ちどまった。

「ここが、前に話したピザ屋さんだよ」

ウィンドーに貼《は》りだされたメニューの隣《となり》に、政治家やスポーツ選手《せんしゅ》や有名人とサルバトールさんのツーショット写真が、ずらっとならんでいる。

母さんは首をかしげ、すみっこの写真を指さした。

「あれ、シェルビーじゃない？」

母さんが言ったとおりだった。にっこり笑《わら》ったサルバトールさんが、シェルビーと肩《かた》を組んでいる。シェルビーは注目されて迷惑《めいわく》だと言わんばかりに、むっつりしている。

「ねえ、おなかすいたよ。中に入ろう！」

せまい店内に入っていくと、一方に長いカウンターがあって、ガラスの仕切りの向こうに、大きなピザがたくさんならんでいる。反対側《はんたいがわ》の壁《かべ》ぎわには、赤白チェックの布《ぬの》をかけたテーブル席《せき》があった。ガーリックととろけたチーズのにおいをかいだとたん、口の中にどっとよだれがあふれてくる。

母さんとぼくは、エアコンのすずしい風があたるテーブル席《せき》にすわった。大きなメニューをくまなく見回し、パスタにしようかピザにしようか、さんざん悩《なや》む。好《す》きなものが食べられるなんて、めったにない機会《きかい》なんだ。もちろんあとで母さんに血糖値《けっとうち》を厳重《げんじゅう》に調べられるだろうし、毎晩《まいばん》のインシュリン注射《ちゅうしゃ》もきっちり打たれるだろう。でも、それだけの価値《かち》はあるよ。

母さんが、にこにこしながら言った。

「ピザをたのむのがいいんじゃない？　だって、ニューヨークに来たら……」

そこへサルバトールさんがやってきて、ガーリックトーストの皿をテーブルにおいた。

「これ、注文してないんですけど……」

母さんが言いかけたのをさえぎって、サルバトールさんが言った。

「店のおごりですよ。シェルビーのお友だちは、わしの友だちですからな！」

サルバトールさんはぼくの背中《せなか》をポンとたたくと、新しく入ってきたお客の注文を聞くために、急ぎ足でカウンターの中にもどっていった。

母さんが、感心しきった声で言った。

「このへんで、シェルビーを知らない人っているのかしら？」

「いないんじゃないかな」

トーストを一口かじったとたん、ぼくは母さんと顔を見合わせた。

「おいしいね！」

あつあつバターがじゅわっとしみ出たところに、パンチのあるガーリックの香《かお》りが、絶《ぜっ》妙《みょう》にきいてる！

母さんとぼくは、記録的《きろくてき》なスピードでトーストをたいらげた。サルバトールさんがピザの注文を取るあいだに、別《べつ》の店員が飲み物を持ってきてくれる。母さんはアイスティー、ぼくは水だ（何があろうと、甘《あま》い炭酸飲料《たんさんいんりょう》は飲ませてもらえない）。

母さんが、ぼくにたずねた。

「明日は、どんなふうにすごすつもり？」

そういえば、明日のことなんて、なんにも考えていなかった。

「うーん……まだ、荷物の片《かた》づけがすんでないんだよね」

たちまち、母さんのみけんにしわがよる。

「ジョン、今日中にすませちゃいなさいって言ったでしょう？　これからは、あんたと母さんの二人きりなのよ。お願《ねが》いだから、明日には終わらせてね」

「はい。ごめんなさい」

あーあ、母さんをがっかりさせちゃった。でも、これからずっとこの街《まち》に住むんだったら、あわてて片《かた》づけることもないんじゃないかな？

「ほんとは、昼のあいだに終わらせるつもりだったんだ。でも、ずっと部屋にいると、息がつまるんだよ。シェルビーといっしょにいたら、シェルビーの友だちって子が来て……」

母さんは、ぼくの手をにぎった。

「その気持ちは、よくわかるわ。さっそく友だちができて、よかったと思ってるのよ」

母さんはせきばらいをして、目をふせた。そらきた、とぼくは身がまえた。

「あのね……今日やっと、あなたのお父さんと連絡《れんらく》がついたの」

ぼくはひざの上のナプキンをねじり、うつむいたまままたずねた。

「父さん、元気だった？」

引っこし以来《いらい》、父さんとは話していない。すれちがってばかりの五日間だった。五日間って、父さんとしゃべらずにいた最長記録《さいちょうきろく》だよ。

「元気よ。今晩《こんばん》八時ごろに電話するって、約束《やくそく》してくれたわ」

うなずいて、もう一切れピザを取る。傷《きず》ついてるって、母さんにさとられたくなかった。

「あなたはどう、元気なの？」

肩《かた》をすくめ、ひたすら、もぐもぐ口を動かす。胸《むね》の痛《いた》みも、ピザといっしょに飲みこんでしまえたらいいのに……。

母さんは、なおも言葉をつづける。

「父さんにとっても、いまはたいへんなときなのよ。わたしたち三人とも、新しい生活に慣《な》れなきゃならないんだもの」

そこまで言ってから、ぼくがこの話をする気分じゃないことに気づいたらしい。母さんは、笑顔《えがお》を作り、話題《わだい》を変《か》えた。

「ところで、シェルビーのことだけど……」

うわぁ、その話もかんべんだよ。ぼくと友だちになりたがらない女の子の話なんて！

でも母さんは、ぼくの微妙《びみょう》な表情《ひょうじょう》に気づいていないみたいだった。

「シェルビーとは、ずいぶん仲《なか》よくしてるみたいね。そういえば、あんたは昔から、ちっちゃい子の面倒《めんどう》をよくみてたものね。シェルビーといっしょにいて、楽しい？」

ぼくははっとして、母さんの顔を見た。

シェルビーは、ものすごく失礼《しつれい》で、気まぐれで、短気だ——ごくひかえめに言って、変人《へんじん》だ。あれじゃあ、友だちがいないのもむりはない。

でも、シェルビーと知り合ってから、たった二日間で、ぼくは数えきれないほど新しいことを知った。

「うん、楽しいよ」

本心からそう思う。だけど、シェルビーにとっても同じだったかは、わからない。

ぼくは、どうしたいんだ？

第十一章　ふたたび、捜査開始《そうさかいし》

言うまでもなく、ものごとはそうすんなりと運ばなかった。

事情《じじょう》があって、次の朝、ぼくはいっそう落ちこんでいた。でもとにかく、仲直《なかなお》りのプレゼントを持って、アパートの外でシェルビーを待つ。

そう、ぼくは決めたんだ。シェルビーと友だちになるってね。

出てきたシェルビーは、顔をしかめてたずねた。

「なんの用ですか？」

ぼくは手に持っていたものを、シェルビーにさしだした。通りすぎようとしていたシェルビーが、立ちどまった。ぼくの手の中をのぞきこみ、おもむろにたずねる。

「それを、わたしに？」

「うん」

ぼくは、シェルビーの大好物《だいこうぶつ》だとクリスさんに教えてもらったグミの袋《ふくろ》を、シェルビーにわたした。

「これは、きのうのお礼だよ。それと、ぼくのせいで捜査《そうさ》を切り上げなきゃならなかったことのおわびでもあるんだ。きみは手助けなんかいらないって言うけど……」

ふいに、シェルビーは首をかしげてぼくを見た。目を細め、ぼくの全身を見回す。

まずい、例《れい》のあれをやっているぞ。たのむから、それだけはかんべんして……。

シェルビーは、ほんの少し表情《ひょうじょう》をやわらげた。

「これほど長期にわたってお父上と言葉を交わすことができないとあっては、心痛《しんつう》もなみたいていではないでしょうね」

やっぱりばれたか……。

ゆうべ、父さんは電話してこなかった。ぼくは母さんの携帯《けいたい》電話をひざにおいたまま、じっと待ってたんだ。約束《やくそく》の時間を十分過《す》ぎたとき、母さんはものも言わずに携帯《けいたい》を取り上げると、自分の部屋に閉《と》じこもった。ドアの向こうで、母さんが父さんの留守電《るすでん》にメッセージをふきこんでいるのが聞こえた。その声は、だんだん大きくなっていった……。

だまっていると、シェルビーはさらに言葉を継《つ》いだ。

「その件《けん》について話したくなければ、話さなくていいですよ」

ふうん。シェルビーも、その気になれば空気が読めるんだな。

ぼくは、背《せ》すじを伸《の》ばした。しゃんとしろ、と自分に言い聞かせる。

「あのさ……事件《じけん》の捜査《そうさ》に関《かん》しては、ぼくの協力《きょうりょく》なんかいらないだろうけど、レイシー家の人たちとのつきあい方については、ぼくも力になれると思うんだ。あの人たちって、かなりめんどくさそうだしね」

ぼくが捜査《そうさ》に加《くわ》わることをシェルビーに認《みと》めさせるには、これしかない。つまり、レイシー家の人たちを、扱《あつか》いにくい連中《れんちゅう》だと思わせること。

シェルビーは、無言《むごん》だった。袋《ふくろ》を開け、魚の形のグミを口にほうりこむ。しばらく口を動かして考えこんでから、ようやく言った。

「たしかに、あの人たちはなかなかやっかいです」

シェルビーはまたひとつかみ、色あざやかなグミを口につめこんだ。そして、おもむろにうなずいた。

「いいでしょう。しかし、捜査《そうさ》に支障《ししょう》をきたすような行為《こうい》は、つつしんでください」

「やったーっ！」

ぼくはこぶしをつき上げた。シショウをきたすってのがどういうことか、よくわかんないけどさ。とにかく、また事件《じけん》の捜査《そうさ》に加《くわ》わって、デイジーの行方《ゆくえ》を追えるんだ！

シェルビーは、ゆるゆると首をふった。

「ありがとう、ワトソン。グミのこともですが……いまの決断《けつだん》を、早くも後悔《こうかい》させてくれましたね」

地下鉄の中で、シェルビーは、説明《せつめい》してくれた。今日の目標《もくひょう》は、レイシー家の住居《じゅうきょ》を調《ちょう》査《さ》し、正式な容疑者《ようぎしゃ》リストを作成することだ。いまのところ、タマラをふくめた家族五人がリストに入っている。

「あら、シェルビーにジョン、いらっしゃい」

レイシー夫人《ふじん》が、ドアを開けてくれた。なんか、つかれてるみたい。

「デイジーに関《かん》して、何か連絡《れんらく》はありましたか？」と、シェルビーがたずねた。

レイシー夫人《ふじん》は、首を横にふった。

「ないわ。ごらんのとおり、たいへんな夜だった」

三人のきょうだいは、リビングにいた。ザリーンはゼインの隣《となり》にすわり、腕《うで》を組んでしかめっ面をしている。タマラは、泣《な》きはらした目をしている。レイシー夫人《ふじん》が言う。

「シェルビー、タマラから聞いたわ。あなた、学校の子どもたちのあいだでは有名な探偵《たんてい》なんですって？」

「わたしの捜査《そうさ》は、子どもだましではありません」

シェルビーの返事を聞いて、レイシー夫人《ふじん》はまゆをつり上げた。おいおい、大人に向かって、いきなりそんな口をきいちゃまずいぞ！　ぼくは、思わず口を出した。

「あのう、レイシーさん。シェルビーはたくさんの事件《じけん》を解決《かいけつ》していますから、今回の事《じ》件《けん》に適任《てきにん》ですよ。シェルビーが近所の人たちにどんなに尊敬《そんけい》されているか、見せたいくらいです。もう、本職《ほんしょく》顔負けですよ！」

シェルビーが、ゆっくりとぼくをふり向いた。お得意《とくい》の皮肉《ひにく》炸裂《さくれつ》か？　それとも、よけいなことを言うなって怒《おこ》るのか……と思いきや、無言《むごん》でレイシー家の人たちに向きなおる。

レイシー夫人《ふじん》が言った。

「デイジーを見つけだすためなら、わらにもすがりたいくらいなの。わたしたちにできることがあったら、なんでも言ってちょうだい」

シェルビーはうなずくと、さっそく本題《ほんだい》に入った。

「デイジーがいなくなった日の朝、みなさんがどこにいたか教えていただきたいのですが」

まっ先に、ザリーンが口を開いた。

「あたしは、ずっとここにいたわ。外には出てない。警備員《けいびいん》に聞いてみてよ!」

ふむふむ……ザリーンは、かなり動揺《どうよう》しているぞ。ドラマなんかだと、やましいところのある人物は、疑《うたが》われると一番腹《はら》をたてるんだよなあ……。

つづいて、ゼインが答えた。

「おれは、友だちとバスケをしに行った。八時ぐらいだったかな。家を出るとき、デイジーもロキシーも見なかったし、声も聞こえなかったよ。それから、セントラルパークにあるコートに直行した。タマラが電話してくるまで、デイジーがいなくなったなんて知らなかった。電話がかかってきたのは、二時間くらいあとだったな」

「なるほど。では、お母さんは?」

「午前七時のヨガのレッスンに行っていたわ。出かける前、どっちの犬も見かけなかった。犬用の部屋にいると思ってたの。夫《おっと》のエドも、わたしと同じ時刻《じこく》に出勤《しゅっきん》しました。わたしが家に帰ったとき、はじめてデイジーがいなくなったのがわかったの」

シェルビーはレイシー家の人々に近づき、一人ひとりの顔をじっと見つめた。見つめられたほうは、気まずそうにもじもじしている。はっきり言って、全員あやしい。とはいえ、シェルビーにあんなふうに見つめられたら、ぼくだっておどおどしちゃうかも。

「レイシーさん、お宅《たく》では週に何回洗濯《せんたく》をなさいますか？」

「ほとんど毎日よ。家族が五人もいると、汚《よご》れ物《もの》がたくさん出るの」

シェルビーは、レイシー家の人たちの前を行ったり来たりしながら、つづけた。

「なるほど。では、みなさんはつねに、清潔《せいけつ》な衣類《いるい》を身につけていることになりますね」

「ええ」

レイシー夫人《ふじん》が返事をし、子どもたちもうなずく。

「犬たちは、ソファーの上に乗ることを許《ゆる》されていますか？」

「いいえ」

「お宅《たく》の床《ゆか》は、毎日掃除《そうじ》されていますね？」

「ええ。犬が二匹《ひき》もいるから、いつもきれいにしておかなきゃね。でも、いったい――」

レイシー夫人《ふじん》が言い終わらないうちに、シェルビーはザリーンの前にひざまずいた。

「ちょっと！　何すんのよ！」

ザリーンが、抗議《こうぎ》の声をあげる。

シェルビーは、何かをつまみあげていた。でも、ぼくがいる場所からは、よく見えない。

「ロキシーは、黒い犬です。しかし見たところ、これは白い犬の毛のようですが？」

ザリーン以外《いがい》のレイシー家の人たちがパッと立ち上がり、犬の毛をまじまじと見つめた。

「ザリーンさん、ご説明願《せつめいねが》えませんか。あなたは洗《あら》いたての服を着ており、お宅《たく》の床《ゆか》は毎日きれいに掃除《そうじ》されています。ところが、あなたの体には、デイジーの体毛とおぼしき毛がついていました。これはどういうことですか？」

ザリーンはポカンと口を開け、とまどったように口ごもった。

「あ、あたし……」

タマラが、姉の顔をにらみつける。

「やっぱり、お姉ちゃんのしわざだったのね！」

ザリーンは、必死《ひっし》に抗議《こうぎ》した。

「ちがうわ！　今朝《けさ》、ドッグランに行ったの！　あそこには、いろんな犬がいるわ！　たぶんその毛は、あそこでついたのよ！」

レイシー夫人《ふじん》が、うめくように言った。

「あなたたち、お願《ねが》いだから、もうけんかしないで。ザリーン、デイジーがいなくなったことで何か知っているなら、正直に話してちょうだい。怒《おこ》らないから、ね？」

ザリーンのほおを、涙《なみだ》がひとすじ流れた。

「信《しん》じらんない……ママまで、あたしを疑《うたが》うのね。あたしはやってないって言ってるのに」

ゼインがザリーンの肩《かた》を抱《だ》き、やさしく言った。

「わかってるよ、ザリーン。おれは、おまえを信《しん》じてる」

なんだか、ザリーンが気の毒《どく》になってきたよ。母親にまで疑《うたが》われるなんて……。

シェルビーが、冷静《れいせい》な声でたずねる。

「今朝《けさ》ドッグランであなたを見かけたという証人《しょうにん》はいますか？　できれば、白い犬を連《つ》れた人物といっしょにいるところを目撃《もくげき》した人がいるといいのですが」

ザリーンは、うなずいた。でもそのとき、全員の視線《しせん》はザリーンの後ろに集中していた。

レイシー夫人《ふじん》が、金切り声をあげる。

「いったいいままで、どこにいたんですの？」

ふり返ると、中年のおじさんが立っていた。黒髪《くろかみ》で、こめかみのあたりに白髪《しらが》がまじっている。はじめて見る顔だけど、この男は両手に重要《じゅうよう》な証拠《しょうこ》を抱《かか》えていた。ロキシーだ。

まるでぬいぐるみみたいに、おとなしく抱《だ》かれている。

もしかして、デイジーを連《つ》れ去《さ》ることができた人物は、ほかにもいるのかも……。

第十二章　新たな容疑者《ようぎしゃ》

「きのうから今朝《けさ》にかけて、ずっと連絡《れんらく》しようとしてたんですよ！　デイジーが、いなくなったんですの！」

レイシー夫人《ふじん》は、いらいらと両手をふり上げた。

「なんですって？」

おじさんは、ポカンとした表情《ひょうじょう》で聞き返した。腕《うで》の中のロキシーは、うれしそうに男の手をぺろぺろなめている。

タマラとレイシー夫人《ふじん》が事件《じけん》について説明《せつめい》するあいだに、ゼインがシェルビーとぼくに、この男のことを教えてくれた。セオ・エマソンという、デイジーの調教師《ちょうきょうし》だ。病気のおばさんの具合が悪いとかで、しばらくマンハッタンをはなれてたらしい。今朝《けさ》にはもどる予定だったけど、まる一週間、連絡《れんらく》がなかったんだってさ。

エマソンは、ロキシーを床《ゆか》に降《お》ろした。

「いなくなったといっても、遠くに行ったはずはないでしょう」

ロキシーが、シェルビーとぼくの前に走ってきて、うるさく吠《ほ》えはじめた。

ザリーンがロキシーを抱《だ》き上《あ》げ、リビングから連《つ》れ出《だ》す。いっぽうシェルビーは、調教《ちょうきょう》師《し》に近づき、じっくりと観察《かんさつ》しはじめた。

シェルビーが、大きな声で言った。

「はじめまして、わたしはシェルビー・ホームズと申します。その日焼《ひや》けのほてりは、アイスティーにひたしたタオルで軽くたたけばおさまることでしょう」

言われてみれば、男の鼻やほおはまっ赤に日焼《ひや》けして、皮がむけている。

「ああ、そう……。ええと、わたしは……」

男は口ごもりながら、シェルビーから一歩はなれた。

「ところで、コスメル島はこの季節《きせつ》、非常《ひじょう》に陽《ひ》ざしが強いのでしょうね？」

男は、気まずそうに部屋を見回した。

「さ、さあ、知らないなあ。行ったことがないからね」

「そうですか。わたしのかんちがいですね」

シェルビーは、あっさり引き下がった。

「では、そのネックレスをどこで購入《こうにゅう》したか、教えていただけませんか？　わたしの見たかぎりでは、黒サンゴのようですが」

調教師《ちょうきょうし》は白いボタンダウンのシャツの首もとに手をやり、黒いネックレスにさわった。

「これは、もらいものなんだ。ずっと前から持っていたんだけどね」

タマラが、口をはさむ。

「すごく似合《にあ》ってるわ。でも、そんなネックレス、はじめて見たけど」

新しい手がかりの発見だ！　この調教師《ちょうきょうし》は、うそをついている。きっとこいつが、デイジーを誘拐《ゆうかい》したにちがいない。こいつならロキシーに吠《ほ》えられなかったはずだし、なぜかまる一週間も「マンハッタンをはなれていた」っていうんだから。

シェルビーが、エマソンにずいっと近づいた。

「あなたの携帯《けいたい》電話に、デイジーの動画が保存《ほぞん》されていないでしょうか？　動いているデイジーのすがたを見たいのです。お願《ねが》いします」

シェルビーはエマソンを見上げ、まつげをぱちぱちさせた。

何かたくらんでるな。むじゃきな少女の演技《えんぎ》しちゃってさ。

「ああ、いいよ」

エマソンは、ポケットから携帯電話《けいたいでんわ》を取り出した。前回のドッグショーに出場したときの、デイジーの動画が再生《さいせい》される。シェルビーは爪先立《つまさきだ》ち、画面に顔をくっつけんばかりにしてのぞきこんだ。

「なんとすばらしい犬でしょう！　エマソンさんは、デイジーのほかにも土曜日のショーに出場する犬を調教《ちょうきょう》されているのですか？」

エマソンは、携帯《けいたい》電話をポケットにつっこんだ。

「ほかの犬の訓練《くんれん》もしているけど、土曜日のショーに出るのはデイジーだけだよ。ところで、じっとすわってないで、デイジーを見つけるために行動すべきじゃないのかな？」

レイシー夫人《ふじん》が、つんつんした声で言った。

「ですから、いま行動しているところですわ。シェルビーとお友だちのジョンは、デイジーさがしの手伝《てつだ》いをしに来てくれたんですよ」

シェルビーが、とうとつに口をはさんだ。

「みなさんはきっと、エマソンさんとつもる話がおありだと思います。ワトソンとわたしは、おじゃまにならないように、隣《となり》の部屋に行っております」

おいおい、いきなり何を言いだすんだ？　この部屋を出る？　だって、この調教師《ちょうきょうし》はあやしいよ……少なくとも、ぜったい、何かかくしているのに。

「ありがとう、シェルビー」

レイシー夫人《ふじん》が言うと、みんなは腰《こし》を下ろした。

シェルビーは、きびすを返して部屋を出ようとした。そのとたん、いきなりつまずいたと思うと、エマソンをまきぞえにして床《ゆか》に倒《たお》れこんだ。

やれやれ、何をやってんだか……。

「これは、たいへん失礼《しつれい》いたしました！」

シェルビーは大きな声でさけび、手をさしのべてエマソンが立ち上がるのを助けた。

「なんという失態《しったい》でしょう。わたしとしたことが、おはずかしい！」

シェルビーは大きな声でさけぶと、隣《となり》のテレビルームにひっこんだ。

声が届《とど》かないところまで来ると、ぼくはそっとシェルビーにたずねた。

「いまの、なんだったのさ？」

シェルビーはゆっくりふり返り、手にかくし持っていたものをぼくに見せた。

それは、エマソンの携帯《けいたい》電話だった。

第十三章　真犯人《しんはんにん》、発見？

「あいつの携帯《けいたい》を盗《ぬす》んだのか？」

「シーッ！」

シェルビーは携帯《けいたい》電話のボタンを押《お》すと、四けたのパスワードを入力した。

「捜査《そうさ》のために借《か》りただけです。確実《かくじつ》に見つかるはずの証拠《しょうこ》を確認《かくにん》しだい、返却《へんきゃく》します」

だから、動画を見せろとたのんだのか。あれだけ近くにいれば、パスワードもかんたんに読み取れただろうしね。

「ほほう！　やはりそうでしたか！」

シェルビーが歓声《かんせい》をあげ、画面をスクロールしはじめた。若《わか》い金髪女性《きんぱつじょせい》とビーチに寝《ね》ころぶエマソンの画像《がぞう》が見えた。

「エマソンは、カリブ海のコスメル島にいたのです。それも、ついきのうまで。黒サンゴは、ハワイやニュージーランドでも入手可能《かのう》ではありますが、数日しかニューヨークをはなれていないとすれば、メキシコで購入《こうにゅう》したと考えるのが妥当《だとう》ですからね」

「いったい、きみが知らないことってあるの？」

ぼくは、思わず聞いてしまった。だって、黒サンゴなんて聞いたこともなかったし、どこで買えるかなんて、もちろん知らない。

「相手のうそを見ぬくには、あらゆる分野の知識《ちしき》を持つ必要《ひつよう》があるのです」

おぼえとかなきゃ。何があろうと、シェルビーにうそをつかないこと！

「あなたにひとつ質問《しつもん》です、ワトソン」

シェルビーは、金髪女性《きんぱつじょせい》とディナーを楽しんでいるエマソンの画像《がぞう》を呼《よ》びだした。

「犬の調教師《ちょうきょうし》が、なぜこんな豪華《ごうか》なバカンスに出かけられるのでしょう？　このリゾートは、すべての料金《りょうきん》が宿泊費《しゅくはくひ》にふくまれるシステムで、けっして安くはありません。八月のメキシコがシーズンオフであることを差《さ》し引《ひ》いても、なかなかの出費《しゅっぴ》です。服装《ふくそう》から判断《はんだん》して、エマソンは経済的《けいざいてき》にさほど余裕《よゆう》がないようです。靴《くつ》はかなりくたびれていますし、ズボンの折《お》り返《かえ》しがほころびていました。それに、自分よりはるかに若《わか》い女性《じょせい》とつきあっています。女性は三十代前半ですが、エマソンは五十代後半です。しかも離婚歴《りこんれき》があり、子どもが二人いて、おそらく養育費《よういくひ》を払《はら》っているでしょう。まちがいなく、エマソンはわれわれに真実《しんじつ》をかくしていますね」

「ぼくも、あいつはあやしいと思ったよ。でも、エマソンがデイジーを誘拐《ゆうかい》して、なんの得《とく》になるのさ？　自分が調教《ちょうきょう》した犬が優勝《ゆうしょう》したら、お金が入るんじゃないの？」

「それは、どの犬に賭《か》けるかによりますね」

ぼくは、つい笑《わら》ってしまった。

「ギャンブルがらみってこと？　でもさ、ドッグショーで賭《か》けをする人なんている？」

「まあ、たしかめる方法《ほうほう》はひとつしかありませんね」

どんな方法《ほうほう》か聞こうとしたとき、ゼインが部屋に入ってきた。

「犬がいなくなったくらいであんなにさわぐなんて、大げさなんだよ……。ザリーンが犯《はん》人《にん》のはずないんだ。ありえない。だれよりあいつのことを知ってるおれが保証《ほしょう》するよ」

でもシェルビーは、ゼインの言葉に心を動かされたそぶりも見せなかった。

「やがて、事実《じじつ》がわれわれをしかるべき方向にみちびいてくれるでしょう」

「きみ、本当にデイジーを見つけだす自信《じしん》があるの？　だって、きみがデイジーを見つけさえすれば、ザリーンの無実《むじつ》が証明《しょうめい》されるわけだろ」

シェルビーは、重々しくうなずいた。

「もちろん、わたしはデイジーを見つけだします」

「だといいけどね……」

ゼインは、ソファーのシェルビーの隣《となり》に、ドサッと腰《こし》を下ろした。

いいぞ、ゼインに話しかけるチャンスだ！

「ところで、きみはどこでバスケをしてるの？」

興味深《きょうみぶか》い事件《じけん》だし、シェルビーの捜査《そうさ》を見学するのも楽しいけど、新しい友だちを作るチャンスは見逃《みのが》せない。とくに、男子の友だちを。

基地《きち》に住んでたときの友だちは、ほとんど男だった。別《べつ》に女の子がきらいってわけじゃないけど、男同士《どうし》でつるんでいるほうが、ずっと楽しいからね。バスケをしたり、映画《えいが》を見たり、ぶらぶらしたりしてさ。

ゼインが言った。

「セントラルパークのコートで練習してるんだ。こんど、いっしょにやろうぜ」

内心うれしくて舞《ま》い上《あ》がりながら、クールな感じを装《よそお》って答える。

「いいね、ぜひ」

ゼインは、シェルビーに向き直った。

「あのさ……べつにエマソンを悪く言いたかないけど、きのうからずっと連絡《れんらく》がつかなかったなんて、変《へん》だよな」

ほらね！　ゼインだって、エマソンがあやしいと思ってるんだ。

シェルビーは、パッと顔を上げた。まるで、頭の中で何かがぴたりとはまったみたい。

「興味深《きょうみぶか》い事実《じじつ》ですね。ところであなたは、ザリーンの一つ年上ですか？」

言いながら、ゼインのほうにずいっと身を乗りだす。

ゼインはソファーの背《せ》もたれにのけぞり、たじたじとなりながら、答えた。

「え？　いいや、十四分だけだよ。だって、ふたごなんだぜ。それがなんか関係《かんけい》ある？」

シェルビーは、すずしい顔で言った。

「いいえ。ただの好奇心《こうきしん》です」

「あ、そう……それじゃ……」

ゼインはシェルビーから逃《に》げるように、そそくさとソファーから立ち上がった。

「あっちのようすを見てこようかな。たのむからデイジーを見つけてくれよ、シェルビー」

「見つけますとも」

部屋を出ていこうとしたゼインは、ふと立ちどまってポケットに手を入れた。

「なんだ、これ？」

ゼインが取り出したのは、エマソンの携帯電話《けいたい》だった。

ぼくは、シェルビーをふり返った。シェルビーは、すましてゼインを見つめ返している。

そういえばさっき、ソファーで急接近《きゅうせっきん》してたっけ……。

「今日はほんと、変《へん》なことばっかだよ……」

わけがわからないというふうに、ゼインは首をふりながら出ていった。

だよね、ぼくも同感だ。

シェルビーは、目を閉《と》じてじっとだまっていた。やがて、タマラが部屋に入ってきた。

一目見て、泣《な》いていたとわかる顔をしている。

「なんでザリーンを追及《ついきゅう》しないの？　だって、ザリーンが犯人《はんにん》に決まっているのに」

シェルビーは、うなずいて認《みと》めた。

「おっしゃるとおり、ザリーンは容疑者《ようぎしゃ》のひとりです。しかし、いまの時点で犯人《はんにん》と決めつけることはできません。考慮《こうりょ》すべき要素《ようそ》が多すぎますからね」

そう言うと、シェルビーはおもむろに立ち上がった。

「タマラさん、そろそろ犯行現場《はんこうげんば》を見せていただく頃合《ころあ》いだと考えます」

第十四章　現場検証《げんばけんしょう》

玄関《げんかん》ロビーの奥《おく》にある犬用の部屋は、アパートのぼくの部屋の、ゆうに二倍は広かった。二つずつ備《そな》えつけられた犬用のソファーとベッドは、きっとうちの家具をぜんぶ合わせたよりも高価《こうか》にちがいない。

シェルビーは床《ゆか》にひざまずき、部屋じゅうをはい回りはじめた。ぶつぶつ言いながら、犬たちのおもちゃや、えさ皿や、カミカミ棒《ぼう》とかを、一つ一つ、念入《ねんい》りに調べている。

「なくなったものはありますか？」

「ないと思うけど……」

「骨《ほね》の形のぬいぐるみ、というのは？　昨日《さくじつ》あなたは、デイジーはチワワと骨《ほね》の形のぬいぐるみがお気に入りで、ベッドに持ちこむとおっしゃいましたね。チワワのぬいぐるみのほうは、事件《じけん》の朝、ロキシーがろうかのすみでかみついていました。しかし骨《ほね》の形のぬいぐるみは、あなたの部屋にもこの部屋にも見当たらないようですが？」

タマラは、あちこちさがしはじめた。

「本当だわ、なくなってる！」

シェルビーは、うめくように言った。

「しっかりしてください。デイジーのお気に入りのおもちゃがなくなっていることにさえ、気づかないなんて！」

タマラは、わっと泣《な》きだした。

「ご、ごめんなさい……。わたしはただ、デイジーにもどってきてほしいだけなの……」

ぼくはタマラの背中《せなか》をポンとたたき、そっとささやいた。

「ねえ、気にしなくていいんだよ。こんなにたくさんおもちゃがあるんだからさ。ひとつくらいなくなってたって、わかんないよね」

せっかくフォローしてるってのに、シェルビーが、きびしい口調《くちょう》で言った。

「ワトソン、あなたも少しは協力《きょうりょく》したらどうですか」

ぼくは、シェルビーをたしなめるつもりで言った。

「ねえ、シェルビー。みんながみんな、きみみたいに超優秀《ちょうゆうしゅう》な探偵《たんてい》ってわけじゃないんだぜ。きみと同レベルの観察力《かんさつりょく》を要求《ようきゅう》されてもこまるんだ。そんなにガミガミ言うなよ」

シェルビーは、フンと鼻を鳴らした。

「先ほどのわたしの言動が、『ガミガミ』にあたると言うのですか。ご冗談《じょうだん》でしょう」

ゼインが、部屋に入ってきた。

「おい、泣《な》くなよ。だいじょうぶだよ、タマラ」

ゼインはしくしく泣《な》きつづける妹をそっと抱《だ》きしめ、シェルビーを見下ろした。シェルビーは、天蓋《てんがい》つきの犬用ベッドにもぐりこんでいる。

「あのさ、ジョン……あの子って、いつもこんなに変《へん》なのか？」

そう言われても、肩《かた》をすくめるしかない。知り合ってまだ間がないけど、ぼくが知るかぎりでは、シェルビーはいつも、こんな感じだから。

いきなりシェルビーが立ち上がり、ドッグフードをしまってあるたなに飛《と》んでいった。

「これが、犬たちのエサですか？」

「そうよ」

タマラが、涙《なみだ》をぬぐいながら答えた。

「二匹《ひき》とも、オーガニックのドッグフードしか食べないの。それと、毎晩《まいばん》ユージニアがチキンかサーモンを料理《りょうり》して出してくれるわ」

ここんちの犬は、食べ物までぼくよりいいものをもらってるのか……。

タマラは、ドッグフードが入った透明《とうめい》なプラスチック容器《ようき》に近づいた。そして、ピンク色の飾《かざ》り文字でDと書かれたほうの容器《ようき》をたたいた。

「こっちが、デイジーのえさよ」

ゼインが、両手をポケットにつっこんで言った。

「なあ、シェルビー。おれにできることがあれば、なんでも言ってくれ。どうしても、デイジーを見つけたいんだ」

シェルビーは立ち上がり、ゼインの肩《かた》に手をおいて言った。

「さすがは、お兄さんですね。寛大《かんだい》なお申し出、まことに感謝《かんしゃ》いたします」

おやおや？　ゼインには、妙《みょう》に愛想《あいそ》がいいじゃないか。

シェルビーは、さらに言葉を継《つ》いだ。

「ところで、ゼインさんはどちらの学校に通ってらっしゃるのですか？　わたしたちの学校では、お見かけしませんが」

「ああ、おれは芸術《げいじゅつ》に興味《きょうみ》ないから。聖《せい》ザビエル学園《がくえん》で、ボールを追っかけてるんだ」

「なるほど。それで、どこのポジションをつとめておられるのですか？」

「ポイントガードだ」

ゼインは、ちょっと得意《とくい》そうに胸《むね》を張《は》った。

「つまり、チームのキャプテンってわけ」

シェルビーは、感心したように首を横にふった。

「それは、じつに感嘆《かんたん》に値《あたい》しますね」

「まあね、なんとかやってるよ」

シェルビーはいきなりゼインの両手をにぎりしめ、しげしげとながめた。

「ボールを扱《あつか》うには、さぞかし強い手の力が必要《ひつよう》なのでしょうね」

な、なんか変《へん》な雰囲気《ふんいき》だぞ。部屋にいる全員の視線《しせん》が、シェルビーに集まった。

タマラが、たまりかねたようにさけぶ。

「ちょっと、デイジーの捜査《そうさ》はどうなったの？」

シェルビーは、ポカンとした顔でタマラを見た。

「どうなったとおっしゃられても、こうして捜査《そうさ》しておりますが」

タマラも、負けずに言い返す。

「本当？　だってさっきから、ゼインの気をひこうとしてるみたいなんだけど」

え？　シェルビーのやつ、ゼインの気をひこうとしてるのか？

思わずふきだしそうになって、あわてて口を押《お》さえる。

シェルビーは、タマラの発言を無視《むし》してたずねた。

「マンションのカギは、どなたがお持ちですか？」

ゼインが答える。

「家族全員さ。それとエマソンと、料理人《りょうりにん》のユージニアと、メイドのカリーナ。警備員《けいびいん》も持ってるけど、もともとカギを持っている人間しか、建物《たてもの》に入れないことになってるんだ」

「では、下に降《お》りれば、建物《たてもの》に入ることを許《ゆる》された人物のリストがあるわけですね？」

「ああ。でも、警備員《けいびいん》にはもう話を聞いたよ。あの朝、だれもデイジーを見てないって」

シェルビーは、少し考えてからたずねた。

「ロキシーは、ユージニアさんには吠《ほ》えますが、カリーナさんに対してはどうですか？」

ゼインは笑《わら》った。

「はは、カリーナは、もっと吠《ほ》えられてるよ。ロキシーは、掃除機《そうじき》がきらいだからね」

タマラは、あきれたように目をクルッと回した。

「あの犬がだれに吠《ほ》えるかより、だれに吠《ほ》えないかを聞いたほうが早いんじゃない？」

「それと、ご家族のだれに吠《ほ》えるか、ですね。きのう、お父上はたまに吠《ほ》えられるとうかがいましたが」

タマラはうなずいた。

「パパはときどき吠《ほ》えられてるわ。ロキシーのことで、ザリーンにお説教《せっきょう》するときに。つまり、しょっちゅうよ」

ゼインが腕組《うでぐ》みをして言った。

「そう言うなよ、タマラ。ロキシーはそんなに悪くないぞ。ザリーンだって、精《せい》いっぱいやってるんだ。少しはわかってやれよ」

「なんでよ？　だって、ザリーンがデイジーを誘拐《ゆうかい》したのに！」

また始まったって思ったけど、きのうみたいな大さわぎになる前に、シェルビーがすばやくわりこんだ。

「ぜひ、先週の来客者名簿《めいぼ》を見せていただきたいですね。それと、警備員《けいびいん》と直接《ちょくせつ》話をさせていただければ、ありがたいのですが」

そのときふと、思い出したんだ。映画《えいが》に出てくる立派《りっぱ》な建物《たてもの》には、かならずエレベーターやロビーに、監視《かんし》カメラがついてるってこと。

「エレベーターの監視《かんし》カメラの映像《えいぞう》は？」

いきおいこんで聞くと、タマラが、悲しそうな顔で答えた。

「あるけど、警備員《けいびいん》がもう見たんですって。でも、何も見つからなかったそうよ」

いきなり、シェルビーが、歯ぎしりをした。

「監視《かんし》カメラの映像《えいぞう》があると知りながら、わたしに知らせなかったのですか？」

「だって警備員《けいびいん》が、監視《かんし》カメラにデイジーはうつっていなかったって……」

「警備員《けいびいん》がなんと言おうが、関係《かんけい》ありません。わたしが自ら映像《えいぞう》を見る必要《ひつよう》があるのです」

タマラは、根負けしたように言った。

「わかったわ。たのんでくる」

ゼインも、タマラのあとから部屋を出ていった。

シェルビーは、ぼくの頭からつま先まで、じろじろながめまわした。

「ワトソン、認《みと》めなければなりませんね……。先ほどの発言は、じつに……賢明《けんめい》でした」

「ほんと？　ありがとう！」

つい、ニヤニヤしてしまう。だって、本当にぼくが、捜査《そうさ》の役に立ったんだからね。でもシェルビーは、知らん顔だ。ようし、あのことを聞いてやれ！

「で、さっきはほんとに、ゼインの気をひこうとしてたの？」

シェルビーは、不きげんな声で答えた。

「わたしは、課外活動《かがいかつどう》について質問《しつもん》をしただけです。あなただって、昨日《さくじつ》と一昨日《いっさくじつ》に同じことをして、わたしを悩《なや》ませてくれたではないですか？」

ぼくは名探偵《めいたんてい》よろしく、ビシッとシェルビーを指さしてやった。

「いいや、ちがうね。きみ、ゼインのことが気に入ったんだろう！」

シェルビーは、顔をしかめた。

「冗談《じょうだん》はやめてください。しかしながら、わたしもあなたにお聞きしたいことがあります。ポイントガードというのは、なんの競技《きょうぎ》のポジションなのでしょう？」

「……マジで聞いてんの？」

「きわめてまじめに質問《しつもん》しております。探偵《たんてい》の仕事は、冗談《じょうだん》ではできませんよ、ワトソン」

「わかったよ。でも、まさかバスケットボールを知らないなんて、そんなことないよね？」

「バスケットボール……」

シェルビーは、まるで外国語を話すみたいに、ゆっくりと舌《した》の上で転がすように言った。

「そして、その競技《きょうぎ》をおこなう場所は……」

「コートだよ！　バスケットボール・コート！」

「では、以前《いぜん》にゼインが『コート』と言っていたのは、バスケットボール・コートのことだったのですね」

「そうだよ」

なんか、頭がぐらぐらしてきた。ほんと、信《しん》じらんないよ！

「本当に、バスケットボールを知らないの？　夢遊病《むゆうびょう》の薬とか、黒サンゴとか、スプレーの落書きの位置《いち》とかは知ってたのに！」

「はい。重要《じゅうよう》な事柄《ことがら》に関《かん》する知識《ちしき》をたくわえるのが好《す》きなのです」

「スポーツだって、重要《じゅうよう》な事柄《ことがら》だよ！」

シェルビーは気に入らないふうに、鼻をピクッとさせた。

「ある種《しゅ》の人々にとっては、そうかもしれません」

「まあいいけどさ。で、何が知りたいの？」

シェルビーは、またろうかに出ていった。

「じゅうぶん教えていただきました。それに、できるだけ早く忘《わす》れたいものです。役に立たない知識《ちしき》で、頭の中の屋根裏部屋《やねうらべや》をいっぱいにするわけにはいきませんから」

頭の中の屋根裏部屋《やねうらべや》って？

たずねようとしたところで、タマラとゼインがもどってきた。シェルビーが、二人に期《き》待《たい》に満《み》ちたまなざしを向ける。

「いかがでしたか？」

タマラが答えた。

「監視《かんし》カメラの映像《えいぞう》を見てもいいですよって」

「すばらしい！」

シェルビーは、パチンと両手を打ち合わせた。そのとき、ばかでかいリュックから、リンリンという音が聞こえてきた。

「やれやれ……」

シェルビーはため息をつき、携帯《けいたい》電話を取り出した。

ぼくは、ちょっとびっくりした。

「ケータイ、持ってるの？」

「両親はわたしに、追跡装置《ついせきそうち》をつけようとしました。これは、話しあいの末《すえ》に達《たっ》した妥協《だきょう》点《てん》です」

シェルビーの両親って、シェルビーが言ってたよりずっと賢《かしこ》かったんだな……。

シェルビーは、イライラした口調《くちょう》で電話に出た。

「シェルビー・ホームズです。なるほど。しかしながら、いまは都合《つごう》が悪いですね。非常《ひじょう》に重要《じゅうよう》な事件《じけん》の捜査中《そうさちゅう》なのです」

なおもしばらくごねたあと、シェルビーはしかめっ面で携帯《けいたい》電話をリュックにほうりこんだ。

「残念《ざんねん》ではありますが、監視《かんし》カメラの映像《えいぞう》を見せていただくのは、次の機会《きかい》にしたいと思います。しかし、明日もまたまいります」

ゼインが、ぼくをふり向いて言った。

「ジョン、いっしょにバスケしないか？」

「うん、いいね」

ぼくは、軽くうなずいて言った。大よろこびしてるのがばれたら、かっこ悪いしね。

「残念《ざんねん》ですが、ワトソン」

シェルビーが、こわばった笑顔《えがお》をうかべて言った。

「いっしょに帰らねばなりません。先ほどの電話は、あなたにも関係《かんけい》があるのです」

第十五章　ホームズ家とのディナー

二時間後、母さんとぼくは、二二一番地B号室《ごうしつ》のドアをノックしていた。

「いらっしゃーい！」

シェルビーと同じ赤い髪《かみ》を後ろでまとめたおばさんが、ドアを開けてくれた。

「夕食をごいっしょしていただけるなんて、ほんとにすてきですわ」

「こちらこそ、お招《まね》きありがとうございます」

母さんが、焼《や》きたてのパイを手わたしながらあいさつする。今日、このシェルビーのお母さんとアパートのろうかでばったり出会い、夕食に招待《しょうたい》されたらしい。

シェルビーのお母さんは、娘《むすめ》を手招《てまね》きして言った。

「シェルビー！　こっちに来て、お客さまにごあいさつしなさい！」

ふきだすのをがまんするのに、ありったけの努力《どりょく》が必要《ひつよう》だった。だってシェルビーときたら、花柄《はながら》のワンピースを着せられて、髪《かみ》にでっかいリボンをつけられていたんだ。

シェルビーは、大げさにひざをおっておじぎをした。

「ごきげんいかがですか。むさくるしい小宅《しょうたく》に、ようこそお越《こ》しくださいました」

リビングの構造《こうぞう》は、下の階のうちと同じだ。一方の壁《かべ》にそってレンガ造《づく》りの暖炉《だんろ》があり、ベイカー通りに面して出窓《でまど》がある。緑色のビロードのソファーの向かいには、革張《かわば》りのひじ掛《か》けいすが二つ。まん中にあるだ円形のコーヒーテーブルの上に、本がたくさん積み重ねてある。アーサー卿《きょう》は、部屋のすみっこでうとうと居眠《いねむ》りしていた。

「ワトソン先生が、パイを持ってきてくださったのよ。すてきでしょ」

シェルビーのお母さんは、娘《むすめ》のリボンの位置《いち》を直そうとした。それをシェルビーは、ハエでも追《お》い払《はら》うような手つきで払《はら》いのける。

「どのような種類《しゅるい》のパイですか？」

「アップルパイよ。お口に合うといいんだけど」

そのとき、背《せ》が高くてものすごくやせた、まっ白な髪《かみ》のおじさんが部屋に入ってきた。

「やあやあ、いらっしゃい！　わたしは、チャールズ・ホームズです。ワトソンさん、ジョンくん、今日は来てくれてありがとう」

母さんは、シェルビーのお父さんと握手《あくしゅ》をして言った。

「ジャニスと呼《よ》んでください。こちらこそ、ご招待《しょうたい》ありがとうございます」

「いいえ、どういたしまして！」

シェルビーのお父さんは、パチンと両手を合わせた。

「ジョンくん、うちのシェルビーが近所を案内《あんない》したそうだね。きみに迷惑《めいわく》をかけていなかったらいいんだが。この子はやっかいごとがあれば、かならず見つけ出しちまうんだよ」

シェルビーのお父さんは、娘《むすめ》の髪《かみ》の毛をくしゃくしゃにした。

「お父さん！」

シェルビーがあとずさり、抗議《こうぎ》するように腕組《うでぐ》みをする。

ぼくは、あわてて返事をした。

「いいえ。この街《まち》のことが、よくわかりました。それに、シェルビーの友だちが住んでいる大きなマンションにも行ったんです。あんなに大きな家は、はじめて見ました」

シェルビーのお父さんが、びっくりしたように言った。

「友だちだって？　おまえに友だちができるとはすばらしいじゃないか、シェリーや」

「シェルビーです、お父さん。ご自分で名づけたからには、まちがえないでください」

シェルビーは、足音高くキッチンに入っていった。そこではさっきから、ガチャガチャとお鍋《なべ》や食器《しょっき》の音がしている。

シェルビーのお父さんは、ゆっくり首を横にふった。

「とんだはねっ返りの、手に負えん娘《むすめ》でして——いや、どうぞおかけください」

シェルビーのお父さんがソファーを指さしたので、母さんとぼくは腰《こし》を下ろした。ぼくらに飲み物を何にするかたずねたあと、シェルビーのお父さんはにっこり笑《わら》ってキッチンにひっこんだ。

しばらくして、シェルビーが、飲み物をのせたお盆《ぼん》を運んできた。

「ありがとう、シェルビー！ ジョンを案内《あんない》してくれたんですって？」

そのとき、キッチンでひときわ大きな音がひびいた。母さんは、立ち上がって言った。

「お手伝《てつだ》いすることがあるかどうか、見てくるわね」

シェルビーは、ソファーにすわると、足をぶらぶらさせた。

そのとき、また別《べつ》の声が聞こえた。

「そちらが、今宵《こよい》の食事を共《とも》にしてくださるお客さまかな？」

シェルビーのお父さんのように青白い顔をした、明るい金髪《きんぱつ》の男の子が、シェルビーの隣《となり》にすわった。シェルビーのお兄さんの、マイケルかな？

シェルビーが、兄の質問《しつもん》に返事をした。

「そのとおりです。ワトソンのお母上は、キッチンでうちの両親を手伝《てつだ》っておられます」

マイケルは、うす笑《わら》いをうかべた。

「元軍人《ぐんじん》なら、わが家の戦場《せんじょう》で命を落とす心配はなさそうだ」

ぼくは、身を乗りだしてマイケルにあいさつした。

「はじめまして、ジョンです」

マイケルは、つまらなさそうな顔でぼくをながめた。まもなく目をそらすと、無言《むごん》でコーヒーテーブルから分厚《ぶあつ》い本を手に取った。

「ごらんのとおりです、ワトソン。マイケルは、わが家きっての変《か》わり者なのです」

「だが、わが家の頭脳《ずのう》でもあるぜ」

マイケルが、ゆがんだ笑《え》みをうかべてつけ加《くわ》えた。

「なんとでもおっしゃい」

マイケルは、ようやくぼくをちゃんと見た。

「妹のくだらない座興《ざきょう》にまどわされないでくれたまえ。こいつは本物の探偵《たんてい》のつもりらしいが、実力の点ではそのへんの詐欺師《さぎし》とどっこいどっこいでね」

シェルビーが、するどい声で言い返す。

「では、あなたはいったい何件《なんけん》の事件《じけん》を解決《かいけつ》したことがあるというのですか、兄さん？」

マイケルはゆったりと足を組むと、また本を読みはじめた。

「食事の用意ができたぞ！」

シェルビーのお父さんが、チキンの皿を持ってキッチンから出てきた。その後ろに、インゲン豆《まめ》を盛《も》りつけた深皿《ふかざら》をかかえたぼくの母さんがつづく。

シェルビーのお母さんが、いすを引きながら言った。

「ジャニスには、テーブルの上座《かみざ》にすわってもらおうと思うんだけど。その向かいにチャールズがすわって、子どもたちとわたしで両脇《りょうわき》をかこむというのはどうかしら」

「すてきですね」

母さんがテーブルにつき、ぼくはその左側《ひだりがわ》の席《せき》についた。マイケルはぼくらのほうに目もくれずに、シェルビーの隣《となり》の席にすわった。

シェルビーのお母さんが、ナプキンをひざに広げながら言う。

「マイケル、まだお客さまにごあいさつを言っていないんじゃない？」

マイケルは、にこりともせずに言った。

「これは失礼《しつれい》。『ごあいさつ』」

テーブルに、気まずい空気が流れる。白けた雰囲気《ふんいき》のなかで、ぼくらは料理《りょうり》を取り分けはじめた。

うちの母さんは、たとえ最悪《さいあく》な状況《じょうきょう》でも、努力《どりょく》をおしまないタイプだ。このときも、率先《そっせん》して会話の口火を切った。

「ところで、マイケルはこんど何年生になるの？」

マイケルは、ロールパンにバターを塗《ぬ》りながら、顔も上げずに返事をした。

「二週間後に、コロンビア大学で研究《けんきゅう》を開始《かいし》します」

「本当に？　あなた、何歳《さい》なの？」

「十六です」

「それはすごいわ」

マイケルは、ふんと鼻を鳴らした。

「高校生活ほど無意味《むいみ》でくだらないものは、ほかにありませんからね」

「いいえ、いくらでもあります」と、シェルビーがあげ足を取るように笑《わら》う。

「シェルビー、やめなさい」と、シェルビーのお母さんが小声で娘《むすめ》をしかった。

シェルビーのお父さんが、ぼくに話題《わだい》をふってきた。

「それで、ジョンはこんど何年生になるんだね？」

「ワトソンはですね――」

シェルビーが答えかけたのを制《せい》して、お父さんが言う。

「待て待て、シェルビー。話しかけられた人の答えを待つのが礼儀《れいぎ》だぞ。おまえが利口《りこう》なのは、みんなよくわかってる。わしは、ジョンから直接《ちょくせつ》聞きたいんだよ」

シェルビーはむすっとしていすの背《せ》にもたれ、チキンのももをかじりはじめた。

シェルビーのお父さんが、首をふりながら言った。

「おたがい苦労《くろう》しますなあ、ジャニスさん。子どもってもんは、自分はなんでも知っている気でいるんです。だからと言って、ほっとくわけにもいきません」

シェルビーのお父さんは、大きな声で笑《わら》った。母さんも、にっこりする。

食事をしながら、母さんとシェルビーの両親とぼくは、いろいろなことについて話した。陸軍基地《りくぐんきち》や、ハーレム地区《ちく》や、ぼくが通うことになってる学校や、コロンビア大学のこととかだ。シェルビーとマイケルは、不気味《ぶきみ》なほど静《しず》かだった。二人とも、お皿から目を上げさえしない。両親が次から次へと質問《しつもん》することに、うんざりしているみたい。

やがて、シェルビーのお父さんが言った。

「マイケル、皿を下げてくれないか。ジャニスさんのパイをいただこうじゃないか」

パイと聞くや、シェルビーがうれしそうに顔を上げた。そこへ、お父さんの声が飛《と》ぶ。

「シェルビー、インゲン豆《まめ》をちっとも食べとらんじゃないか」

シェルビーは、お皿のインゲン豆《まめ》をフォークでつつきまわしながら言った。

「インゲン豆《まめ》を食材《しょくざい》と認《みと》めることは、料理《りょうり》という芸術《げいじゅつ》に対する侮辱《ぶじょく》です」

「シェルビー、屁理屈《へりくつ》をこねるんじゃない。野菜《やさい》を食べんかぎり、デザートはぬきだ」

しばらくむすっとしていたシェルビーは、フォークを取り、お皿のインゲン豆《まめ》をひとつ残《のこ》らずつきさした。そして鼻をつまむと、フォークにさした豆《まめ》を一気に口につっこんだ。

マイケルは、妹のそばに立ったまま、冷《ひ》ややかな目で見下ろしている。シェルビーがインゲン豆《まめ》をひとつ残《のこ》らず片《かた》づけると、ようやく皿を下げた。

母さんが、パイを切りはじめた。シェルビーのお母さんは、アイスクリームをお皿に取り分けた。

シェルビーは、全神経《ぜんしんけい》を集中させてパイを見つめていた。目の前の皿に一切れおかれると、たちまち大口を開けて、食らいつく。一口ほおばったとたん、目を大きく見開いた。

次の瞬間《しゅんかん》、ペッと皿の上に吐《は》き出《だ》す。

「シェルビー！」

シェルビーの両親が、声をそろえてしかりつけた。マイケルは、腹《はら》を抱《かか》えて笑《わら》い転《ころ》げている。

「わたしとしたことが、とんだ不調法《ぶちょうほう》をいたしました！」

シェルビーはすばやくあやまり、はずかしそうに笑《わら》った。

「もっか捜査中《そうさちゅう》の事件《じけん》に気を取られて、うっかりしておりました。ワトソン先生がお持ちくださったパイには、とうぜん砂糖《さとう》が入っていないはずですのに。失礼《しつれい》をお許《ゆる》しください」

シェルビーはテーブルの中央の砂糖《さとう》つぼを取ると、中身のほとんどを皿にぶちまけた。

そしておもむろにフォークを取ると、がつがつとパイを食べはじめる。

母さんはあっけにとられていた。シェルビーの両親は、恐縮《きょうしゅく》しきっている。この二人には、つくづく同情《どうじょう》するよ。だって、シェルビーを育てなきゃならないんだからね。

母さんは、なんとか立ち直ってたずねた。

「シェルビー、さっき『もっか捜査中《そうさちゅう》の事件《じけん》』って言った？」

「はい、わたしは探偵《たんてい》をしております」

マイケルが、皮肉《ひにく》っぽく口をはさんだ。

「シェルビー・ホームズが捜査《そうさ》しているとわかれば、警察《けいさつ》の連中《れんちゅう》も枕《まくら》を高くして眠《ねむ》れるだろうな」

シェルビーは、キッと兄をにらみつけた。

「少なくとも、わたしは社会に貢献《こうけん》しています」

マイケルが、わざとらしくおどろいてみせる。

「そりゃたいへんだな！　図書館の本の順序《じゅんじょ》でも直したのか？」

シェルビーは、低《ひく》い声で悪態《あくたい》をついた。

「兄さんは本当、性格《せいかく》悪い……」

それから、気を取りなおしたように、両親のほうに向き直った。

「お父さん、お母さん。土曜日に開催《かいさい》されるドッグショーにアーサー卿《きょう》を出場させることができれば、これに勝るよろこびはないと考えます。わたしにとって、新たな世界が開けると思うのです。学校の友だちの犬も出場することになっています。いかがでしょうか？」

「本当かね？」

シェルビーのお父さんとお母さんは、うれしそうに顔を見合わせた。

「そりゃあ、おまえにとってすばらしい経験《けいけん》になるだろう。しかも、お友だちといっしょだって？　でかしたぞ、シェルビー！」

シェルビーは、ドレスの下にかくし持っていた紙を取り出した。

「では、申込書《もうしこみしょ》にサインをお願《ねが》いします」

「それはあとにしよう。いまはお客さまがいらっしゃるんだぞ」

「すぐにすみますから」

シェルビーはペンをさしだしながら、母親の手の下に書類《しょるい》をすべりこませた。書類《しょるい》の上の部分を、自分の手でしっかりと押《お》さえている。

「そう、それじゃ……」

シェルビーのお母さんは、書類《しょるい》にサインをした。

「探偵《たんてい》の仕事以外《いがい》のことに興味《きょうみ》を持つのは、いい傾向《けいこう》よね」


その夜遅《おそ》く、母さんがぼくの部屋のドアをノックした。

母さんは、ベッドのぼくの隣《となり》に腰《こし》かけ、こつんと軽く頭をぼくの頭にぶつけた。

「引っこし荷物をぜんぶ片《かた》づけてくれて、ありがとう。あんたがシェルビーといっしょにいたがるのもわかるわ。あの子は、ちょっと特別《とくべつ》な子ね」

「だよね」

ぼくらは顔を見合わせ、ちょっと笑《わら》った。

「シェルビーが捜査《そうさ》してる『事件《じけん》』って、なんなの？」

「事件《じけん》？　いったいなんのこと？」

母さんは、疑《うたが》うように目を細めた。かくしごとをしたって、母さんにはお見通しなんだ。

「夕食のとき、シェルビーが言ってたでしょ。自分は探偵《たんてい》で、ある事件《じけん》を捜査中《そうさちゅう》だって。ハドソンさんの話では、なかなか腕《うで》がいいらしいわ。近所の評判《ひょうばん》を見れば、意外なことでもないかもね」

「うん、そうだね」

「でもね、ジョン。シェルビーと仲《なか》よくなるのはいいけど、事件《じけん》とやらには関《かか》わってほしくないの。ごたごたにまきこまれたら、こまるでしょう」

ごめん母さん、もう遅《おそ》いよ！

ぼくは、心の中であやまった。

第十六章　あぶない情報提供者《じょうほうていきょうしゃ》

次の朝、うちの玄関《げんかん》のドアが音高くノックされた。のぞきまどをのぞいて、ちょっとおどろいちゃったよ。

「シェルビーじゃないか！」

「わたしからお迎《むか》えにあがれば、あなたを外で待機《たいき》させるという不便《ふべん》を回避《かいひ》できると思いましたので」

かたくるしい口調《くちょう》はあいかわらずだけど、なんかいつもとちがう。じっと見ていると、シェルビーは片方《かたほう》のつま先を、もう片方《かたほう》のひざの裏《うら》にもじもじこすりつけた。

え、うそ、もしかして照《て》れてるのか？　なんにせよ、ぼくについて来てほしいんだな。

「これから、レイシー家に行くんだね？」

「その前に、われわれは少し、より道をせねばなりません。情報提供者《じょうほうていきょうしゃ》と話す必要《ひつよう》があります」

シェルビーは、はじめて「われわれ」という言葉を使った。もしかして、きのうの監視《かんし》カメラの件《けん》で、ぼくもけっこう役に立つって、やっと気づいたのかも。

「わかった。すぐ着がえるから待っってて」

部屋にかけこみ、お気に入りのスポーツウェアに着がえる。ひょっとすると、あとでゼインとバスケができるかもしれないからね。

リビングにもどると、シェルビーがすばやくぼくの全身を見て言った。

「まるで、スポーツ選手《せんしゅ》のようですね」

「そう？　ありがとう」

「ゼインに夢中《むちゅう》なのは、どなたでしょうね」と、シェルビーは鼻を鳴らした。

ぼくらはしばらくだまったまま、北に向かって歩いた。やがて、シェルビーは西に曲がった。にぎやかな大通りから、どんどんはなれていく。

「で、きみはザリーンと調教師《ちょうきょうし》のどっちが犯人《はんにん》だと思う？　ドッグショーは明日だぜ」

シェルビーは、不敵《ふてき》な笑《え》みをうかべた。

「わたしには、わたしの考えがあるのです」

「その考えってやつを、ぼくに教えてくれないの？」

「いまはだめです。まだいくつか、解明《かいめい》すべき点があります。監視《かんし》カメラの映像《えいぞう》を調べて、事実《じじつ》が明らかになるといいのですが」

「でも、警備員《けいびいん》はとっくにその映像《えいぞう》を見てるんだよね」

「ええ。しかし、わたしはまだ見ておりません。警備員《けいびいん》は、デイジーのすがたはうつっていなかったとしか言っていませんでした。わたしは、別《べつ》のものをさがしているのです」

「別《べつ》のものって？」

「それはまだ、特定《とくてい》できておりません」

ついて来てほしがったくせに、自分が知っていることや、何をするつもりかってことについては、だまってるつもりなんだな。

「なんか、ぼくにかくしてるだろ？」

「なんのことですか？」

「明日のドッグショーのことだよ。ちゃんと気づいてたんだぞ。申込書《もうしこみしょ》にサインしてもらうとき、ふつうに書類《しょるい》をわたさなかったろ？　上の部分を手でかくしてたじゃないか」

申込書《もうしこみしょ》の上の部分にはふつう、個人情報《こじんじょうほう》の記入欄《きにゅうらん》があるはずだ。

「つまり、きみは別人《べつじん》の名前か、にせの住所で申しこんだんだろう？」

シェルビーは、ぴたっと足をとめた。

「おみごとです、ワトソン！　なかなかどうして、あなたも捨《す》てたものではありませんね」

ったくもう、ひとこと多いんだよ……。

「で、だれの名前を書いたんだ？」

「さて、そこであなたの出番ですよ、ワトソン。この事件《じけん》の捜査《そうさ》に加《くわ》わりたいとおっしゃるなら、仕事をさしあげましょう」

「ほんと？」

ばんざい！　ついにシェルビーの信頼《しんらい》を勝ち取ったんだ！

「不測《ふそく》の事態《じたい》が発生し、明日の朝までにデイジーの所在《しょざい》を特定《とくてい》できない場合は、あなたにごくかんたんな仕事をしていただく必要《ひつよう》があります。その仕事とは、アーサー卿《きょう》をドッグショーに連《つ》れていくことです。楽屋に出入りできるようにしておくことが、重要《じゅうよう》なのです。万が一、今日の夜までにデイジーを連《つ》れもどせなかった場合にかぎりますが」

「だったら、保護者《ほごしゃ》のサインを偽造《ぎぞう》するだけでよかったんじゃないの？」

「わたしは犯罪者《はんざいしゃ》を捕《と》らえる立場の人間であり、犯罪者《はんざいしゃ》ではありません」

犯罪者《はんざいしゃ》じゃないけど、両親にうそをつくのはオッケーってわけ？

「じゃあ、かくしてた部分には、ぼくの名前が書いてあったのか？」

「まさか。あなたには、偽名《ぎめい》を使っていただきます。ドッグショーの申込書《もうしこみしょ》には、うちの苗字《みょうじ》が記入してありますから。あなたは明日、シェルドン・ホームズになるのです」

「シェルドン？」

「そうです。そんな顔をするところを見ると、別《べつ》の偽名《ぎめい》がよかったようですね」

「なんでもっとこう、かっこいい名前にしてくれなかったのさ。シェーンとか、スペンサーとか、サイラスとか……」

だけど、それ以上《いじょう》思いつかない。名前を考えるのって、思ったよりむずかしいのかも。

ぼくはだまって、シェルビーのあとをついていった。

はじめのうちは、アパートが建《た》ちならぶにぎやかな地域《ちいき》を歩いていた。でもいまは、空き家や、板《いた》で閉《と》ざされた建物《たてもの》ばっかりだ。人通りも少なくて、たまにホームレスの人を見かけるだけ。こんなとこに住んでる情報提供者《じょうほうていきょうしゃ》って、いったいどんなやつなんだ？

ゴミ屋敷《やしき》からネズミが飛《と》び出《だ》してきたのを横目に、思い切ってシェルビーに聞いてみた。

「あのさ、シェルビー……ここって、あんまり安全そうに見えないんだけど」

「ええ、一人ではけっして来ないよう、忠告《ちゅうこく》します。もうすぐです」

そのとき、若《わか》い男が街角《まちかど》からすがたを現《あらわ》した。十六歳《さい》くらいかな？　ぼくらを見るや、目を細め、おどすような笑《え》みをうかべる。

「ちょっと待ちな」

男は、ふんぞり返って歩いてきた。ジーンズを腰骨《こしぼね》あたりまでずり下げ、野球帽《やきゅうぼう》をななめにかぶっている。

「こんなとこで、何してんだ」

シェルビーは、相手にならずに歩きつづける。

「おい！　無視《むし》してんじゃねえよ！」

男は、すばやくぼくらの前に立ちふさがった。

もう、口から心臓《しんぞう》が飛《と》び出《だ》しそう。だけど、シェルビーはぜんぜん動じない。ため息をついて、めんどうくさそうに言う。

「知りたければ教えてさしあげますが、わたしはダンテさんとお話をしにきたのです。どうしてもとおっしゃるなら案内《あんない》してくださってもかまいませんが、付《つ》き添《そ》いなしで行けますから、どうぞお気づかいなく」

すると男は、ぼくのほうをふり向いた。

「それじゃ、おまえはなんなんだ？　おまえ、口がきけねえのか？」

こわいのを押《お》しかくして、せいいっぱいにらみつけてやる。でも、声が出なかった。

「あなた、新入りですね」

シェルビーはきっぱりとした口調《くちょう》で言い、すばやく男の全身を見回した。

うわっ、例《れい》のあれをやるつもりか？

息を殺《ころ》して見守っていると、シェルビーはおもむろに口を開いた。

「立ち居《い》ふるまいを見れば、裕福《ゆうふく》な家庭で育ったことは、一目瞭然《りょうぜん》です。せっかくウォール街《がい》の銀行家のお父上に買ってもらった高価《こうか》な靴《くつ》を履《は》いているのですから、こんなところから出ていかれたらいかがですか？　それとも、ダンテさんはご存《ぞん》じないのですか？　名門男子校に通うあなたが、夏休みと週末《しゅうまつ》だけチンピラごっこを楽しんでいるという事実《じじつ》を」

男の顔が、みるみる青くなる。

「お、おまえ、いったい、なんなんだ？」

「あなたとのお話は終わりです。いらっしゃい、ワトソン」

シェルビーは男の脇《わき》をすりぬけ、角を曲がった。五人の若《わか》い男たちが、道のまん中におかれたベンチにすわっている。五人とも、さっきの男と同じような服装《ふくそう》だ。

ぼくらが近づいていくと、まん中の男が立ち上がった。

「なんだなんだ、だれかと思えば、シェルビー・ホームズじゃねえか！」

もう、開いた口がふさがらなかった。この男も、シェルビーに会って、うれしそうな顔をしている！

「情報《じょうほう》が必要《ひつよう》なのです、ダンテさん」

「おう、なんでも聞いてくれや」

ダンテは、ぼくと同じようにきょとんとしている仲間《なかま》たちをふり返った。

「おめえら、このおじょうちゃんは世界一の探偵《たんてい》さんなんだぜ。何か月か前、おれがすげえピンチだったとき、このシェルビーが助けてくれたんだ。だから、シェルビーを見かけたら、丁重《ていちょう》にもてなすんだぜ。いいな？」

仲間《なかま》の男たちは、シェルビーに敬意《けいい》を表してうなずいた。

ダンテは、ぼくを指さした。

「用心棒《ようじんぼう》を連《つ》れてきたのか？　さすがにぬかりねえな。何しろ、おめえは敵《てき》が多いから」

「ダンテさん、こちらはジョン・ワトソンです。同じアパートに引っこしてきたばかりなので、街《まち》を案内《あんない》しているのです」

ダンテは、ゆかいそうに笑《わら》った。

「ここらへんは、観光《かんこう》地図には載《の》ってねえからな。なあ、ジョン・ワトソン。必要《ひつよう》なものがあったら、おれんとこに来い。もうちょいでかくなったら、おれの下で働《はたら》かせてやるぜ」

シェルビーは、ダンテに向かって人さし指をふってみせた。

「そうはいきませんよ、ダンテさん。ジョン・ワトソンは将来《しょうらい》、強盗《ごうとう》ではなく、すぐれた作家になるのです」

ダンテの仲間《なかま》たちが、低《ひく》くどよめいた。ダンテにこんな口をきく人間は、ただじゃすまないところだろう。でも、ダンテはカラカラ笑《わら》って言った。

「で、なんの情報《じょうほう》が必要《ひつよう》なんだ？」

「明日、マンハッタン・ケンネルクラブが開催《かいさい》するドッグショーで、賭《か》けがおこなわれているかどうかです。とくに、小型犬《こがたけん》部門で八百長《やおちょう》をたくらんでいる人物について」

シェルビーがドッグショーのことを口にすると、ダンテの仲間《なかま》がどっと笑《わら》った。そのうちの一人が、大声をあげる。

「よう、ダンテ！　プードルに五セント賭《か》けるぜ！」

ダンテが、苦笑《にがわら》いをうかべて言う。

「シェルビー、おれはまっとうなスポーツイベントしか扱《あつか》わねえんだぜ」

「あなたのお仕事のどこにも合法性《ごうほうせい》は認《みと》められませんよ、ダンテさん」

「おれが言ってんのは、ドッグショーみてえなちゃちなイベントは相手にしねえってことさ。おれがそんなもんに関《かか》わってるってどこで聞いたか知らねえが、見こみちがいだ」

シェルビーが、片方《かたほう》のまゆをつり上げた。

「わたしの見こみちがいですって？」

ダンテは、仲間《なかま》たちに合図した。

「おめえら、ちょっと外してくれや。これからシェルビーとジョン・ワトソンに、おれたちの仕事について説明《せつめい》すっからよ」

男たちは、通りの向《む》かい側《がわ》にぶらぶら歩いていった。仲間《なかま》たちに声が届《とど》かなくなるのを待ってから、ダンテはそっと身をかがめ、小さな声で言った。

「おれの商売に関《かか》わる情報《じょうほう》があんのか？」

ぼくは思わず、大声をあげてしまった。

「え？　じゃあ本当に、ドッグショーで賭《か》けをしてるんですか？」

「シーッ！」

ダンテが、あわてて言った。

「おれにも、メンツってもんがあるんだぜ。もちろん、してるに決まってんだろ。金持ち連中《れんちゅう》は、自分ちのかわいいワンちゃんに大金を賭《か》けたがるんだ。去年なんか、プロバスケの決勝戦《けっしょうせん》よりもうかったんだからな！」

……ありえない。

シェルビーが、話を本題《ほんだい》にもどす。

「ある犬が、行方不明《ゆくえふめい》なのです。調教師《ちょうきょうし》が、自分の担当《たんとう》する優勝候補《ゆうしょうこうほ》の出場を妨害《ぼうがい》して、さらに大金を手にしたいと考える可能性《かのうせい》はあるでしょうか？」

「行方不明《ゆくえふめい》って、どの犬だ？」

「デイジーです。レイシー家所有《しょゆう》の、キャバリア・キングチャールズ・スパニエルです」

ダンテは、ガシガシと頭をかいた。

「なんで調教師《ちょうきょうし》がそんなことすんだよ。一番賭《か》け率《りつ》の高いとこに大金をかけたって、そいつが勝てなきゃ、丸損《まるぞん》だぜ。だったら、自分とこの犬を優勝《ゆうしょう》させたほうが得《とく》だろうが」

シェルビーは、しばらく考えこんだ。

「負けそうなのは、だれですか？」

ダンテはお尻《しり》のポケットから手帳を取り出し、パラパラとページをめくった。

「どれどれ……。デイジーが一番人気だが、フリフリがぴったり二番手につけている。大穴《おおあな》は、プリンセスってヨークシャテリアだ。今年初出場《はつしゅつじょう》で、調教師《ちょうきょうし》も新人らしい」

シェルビーは、ダンテの情報《じょうほう》について考えこんだ。

「ふむ……。エマソンがそんな危険《きけん》を冒《おか》すなんて、つじつまが合いませんね」

ダンテが、手帳に書きこみを始めた。

「はっきりしたところを教えてくれ。明日、デイジーは出ねえのか？」

シェルビーは背《せ》すじを伸《の》ばし、いどむように言い切った。

「いいえ。デイジーは出場します。ご協力《きょうりょく》、ありがとうございました」

「いつでも来な、シェルビー。だが、くれぐれも気をつけるんだぜ。探偵《たんてい》ってのは、うさんくさい商売だからな、敵《てき》が多い」

「うさんくさい商売にかけては、あなたのほうが上手《うわて》でしょう？」

ぼくたちを見送りながら、ダンテは感心したように首をふった。

「おめえはたいしたやつだよ、シェルビー」

「わたしも、そう思います」と、シェルビーはすましてこたえた。

第十七章　二度目の家宅捜索《かたくそうさく》

レイシー家に向かう地下鉄の中で、シェルビーはずっとだまりこんでいた。ぼくはとくに気にせずに、乗《の》り降《お》りする乗客たちをながめていた。

ようやく、シェルビーが口を開いた。

「ワトソン、あなたがいてくれると非常《ひじょう》に助かることは、認《みと》めなければなりませんね。自分以外《いがい》の人間に事実《じじつ》を説明《せつめい》することは、事件《じけん》の解明《かいめい》に何より役に立ちます。わたしは助手を使わない主義《しゅぎ》でしたが、もしかしたら考えをあらためるべきかもしれません」

ちょ、ちょ、ちょっと待った。ぼくは「助手」になんか、なりたくないぞ。そりゃ、シェルビーから学ぶことはたくさんあるだろうけど、相棒《あいぼう》ならともかく、助手はお断《ことわ》りだ。

そのへんをはっきりさせる前に、シェルビーは捜査《そうさ》のおさらいを始めた。

「では、事実《じじつ》を検証《けんしょう》してみましょう。デイジーがいなくなったのは、レイシー氏《し》が寝《ね》る前に三人の子どもたちのようすを確認《かくにん》した、深夜零《れい》時以降《いこう》のことです。このとき、タマラのベッドの上にいるデイジーが目撃《もくげき》されていますので。そして、翌朝《よくあさ》九時以前《いぜん》のことです。このとき、タマラは下の階に降《お》りて、デイジーのすがたが見えないことに気づいたのです。レイシー氏《し》はすでに出勤《しゅっきん》しており、レイシー夫人《ふじん》はヨガのレッスンに出かけ、ザリーンは在宅《ざいたく》していましたが、ゼインはバスケットボールの練習に行っていました。このうちのだれもがデイジーを誘拐《ゆうかい》することは可能《かのう》でしたが、監視《かんし》カメラの映像《えいぞう》を見るかぎり、デイジーが建物《たてもの》を出た形跡《けいせき》はないとされています。また、ザリーンは嫉妬《しっと》深く、夢遊病《むゆうびょう》という持病があります。調教師《ちょうきょうし》はお金にこまっており、レイシー夫人《ふじん》が事件《じけん》を知らせようとしたとき、どういうわけか所在不明《しょざいふめい》でした」

「そんなところだね。それで、ぼくたちは、これからどうするの？」

助手にされちゃたまらないから、「ぼくたち」の部分を強調《きょうちょう》して聞いてみる。

「新しい手がかりが見つかるかもしれませんので、再度《さいど》、家宅捜索《かたくそうさく》しようと思います」

「新しい手がかり？　きのう、徹底的《てっていてき》にさがしたじゃないか」

「マンションに入る手段《しゅだん》を持つ人物のだれかだということは、明らかです。犯人《はんにん》が、うっかりしていた可能性《かのうせい》もあります。それに、監視《かんし》カメラの映像《えいぞう》も見せてもらわねばなりません。そうすれば、犯人《はんにん》がどうやってデイジーを連《つ》れ出《だ》したかわかるでしょう」

「ぼくは、何をすればいい？」

「よくぞ聞いてくださいました。あなたに、ちょっとした訓練《くんれん》をしようと思うのですが」

訓練《くんれん》？　いったい何をさせようっていうんだよ？

地下鉄のドアが開いた。乗りこんでくる人たちのあいだを、シェルビーはすいすいと降《お》りていく。シェルビーがすりぬけた人にことごとくぶつかりながら、ぼくもなんとか降《お》りた。

「今日はあなたに、出会った人や物ごとを、ただ見るのではなく、観察《かんさつ》していただきます。しぐさの意味《いみ》を分析《ぶんせき》し、観察《かんさつ》し、記憶《きおく》して、頭の中の屋根裏部屋《やねうらべや》に保存《ほぞん》してください」

「そういや、きのうも言ってたけど、『頭の中の屋根裏部屋《やねうらべや》』って、なんなのさ？」

レイシー家をめざして歩きながら、シェルビーは説明《せつめい》した。

「わたしは頭脳《ずのう》を、空っぽの屋根裏部屋《やねうらべや》のようなものだと考えています。その屋根裏部屋《やねうらべや》に何をどのように片《かた》づけるかは、自分自身で判断《はんだん》せねばなりません。わたしは、探偵《たんてい》にとって役に立つ記憶《きおく》や情報《じょうほう》だけを、自分の屋根裏部屋《やねうらべや》に保存《ほぞん》するよう心がけています。たとえば、地質学的知識《ちしつがくてきちしき》を集めた収納《しゅうのう》スペースのおかげで、わたしは黒サンゴのことがわかったのです。最初《さいしょ》にこれを試《こころ》みたときは、わずか四歳《さい》と非常《ひじょう》に若《わか》かったので、『この事実《じじつ》を忘《わす》れないように記憶《きおく》しておく必要《ひつよう》がある』と、自分によく言い聞かせたものです」

ぼくも、「この事実《じじつ》を忘《わす》れないように記憶《きおく》しておく必要《ひつよう》がある」よね……。

シェルビーの言うことには、たしかに一理《り》ある。ぼくはよく、だれかに会ったり、何かしたりしたあと、母さんに「今日は何をしてた?」って聞かれて、「とくになんにも」って答えちゃうんだ。別《べつ》にかくしておきたいわけじゃなくて、そのとき自分が何をしてたか、ちゃんと意識《いしき》してなかっただけ。バスケをしたり、映画《えいが》を見たりしても、いちいち気にとめたりしたことはなかった。もしかしたら、一年か二年もしたら、またどこかに引っこすことになるのを知ってたからかもしれない。どうせ引っこしてそっくり新しいものに入《い》れ替《か》わるのに、昔の友だちや家の細かいことをおぼえておく意味なんかない、って。

母さんは、これからはこの街《まち》にずっと住むって約束《やくそく》した。だったら、シェルビーが教えてくれたことを実践《じっせん》する、いい機会《きかい》かもしれない。身のまわりのことをすべて観察《かんさつ》し、理《り》解《かい》し、記憶《きおく》するんだ。

シェルビーにはずばぬけた頭脳《ずのう》の倉庫《そうこ》があるけど、ぼくには日記帳がある。これからは何ごともよく観察《かんさつ》するんだから、細かいことまで記録《きろく》できるはず。

セントラルパークの西側《にしがわ》の角を曲がると、そこらじゅうがデイジーの顔でいっぱいだった。街灯《がいとう》にも、壁《かべ》の空きスペースにも、迷《まよ》い犬《いぬ》のビラが貼《は》られている。

迷《まよ》い犬《いぬ》をさがしています

わが家の愛犬《あいけん》、キャバリア・キングチャールズ・スパニエルのデイジーがいなくなりました。

白地に黒いぶち模様《もよう》で、目のまわりが茶色です。

デイジーの発見につながる情報《じょうほう》をくださった方には、謝礼《しゃれい》をさしあげます。

ビラをじっと見つめていたシェルビーが、鼻にしわをよせ、吐《は》き捨《す》てるように言った。

「おお、信仰《しんこう》うすき者たちよ!」

マンションの建物《たてもの》の中には、さらにたくさんのビラが貼《は》ってあった。警備員《けいびいん》がぼくらを招《まね》き入《い》れ、エレベーターに通してくれる。

「ところで、今日ぼくが観察《かんさつ》したことについて、報告書《ほうこくしょ》か何かを提出《ていしゅつ》したほうがいい?」

「いいえ。わたしに報告《ほうこく》すべきだと判断《はんだん》なさったことだけ話してくれればじゅうぶんです」

シェルビーがぼくを信用《しんよう》してくれたことが、素直《すなお》にうれしかった。こりゃ、信頼《しんらい》を裏切《うらぎ》らないようにしなくちゃ。

ノックをしようとしたとき、タマラがドアを開けた。

「ごめんなさい、シェルビー！　お願《ねが》いだから、怒《おこ》らないでね！」

レイシー家の中に入ると、シェルビーは大きなうめき声をあげた。その声を聞いて、リビングにいた全員が、ぼくらをふり返る。

「ああらホームズ、いらっしゃい」

「レストレード刑事《けいじ》……」

第十八章　天敵《てんてき》、登場

シェルビーは、重い足取りでリビングに向かった。レストレード刑事《けいじ》は、レイシー夫人《ふじん》とならんでソファーに腰《こし》かけている。

「犬さがしだけに、官憲《かんけん》の犬の出番だというわけですか、レストレード刑事《けいじ》」

シェルビーのキツい一言に、レストレード刑事《けいじ》の目つきがけわしくなる。

「レイシー家のみなさんは、プロにまかせるべき段階《だんかい》だと、賢明《けんめい》な判断《はんだん》をなさったの」

レイシー夫人《ふじん》が、とりなすように言った。

「あなたがいろいろがんばってくれたことには、本当に感謝《かんしゃ》しているのよ、シェルビー。でもね、こうしてレストレード刑事《けいじ》が来てくださったから、安心よ。わが家のために、力を尽《つ》くしてくださるんですって」

レストレード刑事《けいじ》は、満面《まんめん》の笑《え》みをうかべて言った。

「聞いたわよ、ホームズ。ずいぶんまわりくどい陰謀説《いんぼうせつ》を唱《とな》えているんですってね。でもこれは、ごく単純《たんじゅん》な事件《じけん》よ。犬なんて、しょっちゅうどこかへ行ってしまうものだわ」

タマラが、抗議《こうぎ》の声をあげる。

「でも、デイジーが勝手にどこかへ行くわけないわ！」

レストレード刑事《けいじ》は、なだめるように低《ひく》い声で言った。

「みなさんは、近所じゅうにビラを貼《は》りました。わたしは、街《まち》じゅうの動物保護《ほご》施設《しせつ》に連《れん》絡《らく》しました。ご安心ください、おそらくデイジーはもう見つかって、近くのペットホテルに保護《ほご》されていることでしょう」

「さすがですね。みごとなお手なみです、レストレード刑事《けいじ》」

シェルビーが、顔をしかめて言う。

「表彰状《ひょうしょうじょう》をさしあげたいくらいです。しかしながら、デイジーが発見されているなら、首《くび》輪《わ》の電話番号に連絡《れんらく》があるはずではありませんか？」

レストレード刑事《けいじ》が、負けずに反撃《はんげき》する。

「そうね。だけど、デイジーが誘拐《ゆうかい》されたのなら、身代金《みのしろきん》の要求《ようきゅう》があったはずでしょう？」

「本件《ほんけん》が誘拐事件《ゆうかいじけん》であるとは、一度も申し上げておりません」

「誘拐《ゆうかい》でないと言うなら、なんだと言うの？」

レストレード刑事《けいじ》は、わざとらしく片方《かたほう》のまゆをつり上げた。シェルビーをやりこめるのが、楽しくてしかたないみたい。

シェルビーは無言《むごん》できびすを返し、リビングを出ていった。

レストレード刑事《けいじ》が、大声で呼《よ》びかける。

「あら、もうしっぽをまいて逃《に》げるの？」

レストレード刑事《けいじ》は鼻で笑《わら》い、余裕《よゆう》の表情《ひょうじょう》でコーヒーを一口飲んだ。

シェルビーはレストレード刑事《けいじ》をふり返り、すっと目を細めた。ぼくは肩《かた》でそっとシェルビーをこづき、首を横にふった。顔を近づけ、小声で耳もとにささやく。

「いま一番重要《じゅうよう》なのは、デイジーを見つけることだよ。レストレード刑事《けいじ》とやりあったって、なんの役にも立ちやしない。あんなやつ、ほっとくんだ。大人になれよ」

シェルビーはじっとぼくの顔を見つめ、考えこんでいた。えらそうな口をきくなって、怒《おこ》られるんだろうか……。

やがて、シェルビーは小さな声で言った。

「座《ざ》して待つだけではデイジーは見つかりませんから、意味のあることをしに行くのです。わたしはすでに、あの人より大人です」

レイシー夫人《ふじん》が、タマラをシェルビーについて行かせた。そして自分は、レストレード刑事《けいじ》のコーヒーのお代わりを取りにいく。

どうしよう、レストレード刑事《けいじ》と二人きりになっちゃった。リビングのひじ掛《か》けいすにそっと腰《こし》かけ、目立たないように息を殺《ころ》す。

レストレード刑事《けいじ》が、沈黙《ちんもく》を破《やぶ》った。

「このあいだ、総菜屋《そうざいや》さんでホームズといっしょにいたでしょう。きみ、名前は？」

「えっと……」

ぼくは口ごもった。刑事《けいじ》と口をきくなんて、はじめてだ。

「ぼくは、ジョン・ワトソンといいます。母が陸軍《りくぐん》を除隊《じょたい》して、ニューヨークに引っこしてきたばかりです。シェルビーと同じアパートに住んでいます」

「いいこと、ジョン・ワトソンくん。市民の味方であるニューヨーク市警《しけい》を代表して、忠《ちゅう》告《こく》しておくわ。あの子といっしょにいても、何もいいことないわよ」

うん、そんな気はしてたよ。

でもさ。失礼《しつれい》なやつだし変人《へんじん》だけど、シェルビーといっしょにいると、おもしろい。シェルビーから学ぶことは、たくさんあると思ってる。

とはいえ、ここは神妙《しんみょう》に返事をしておかなきゃね。

「はい、刑事《けいじ》さん」

そのとき、シェルビーのうれしそうな声が、リビングまで聞こえてきた。

「ははあ、なるほど！」

レストレード刑事《けいじ》が、皮肉《ひにく》っぽく言った。

「あらあら。いったい、何を見つけたのやら」

ぼくと刑事《けいじ》は、立ち上がってろうかに出た。犬たちの部屋から、勝《か》ち誇《ほこ》った表情《ひょうじょう》のシェルビーが出てくる。

「ごらんなさい。どうやらわたしは、新たに重要《じゅうよう》な手がかりを発見したようです」

第十九章　犯人《はんにん》を示《しめ》す手がかり

ぼくらは、犬たちの部屋にかけこんだ……けど、見たところ、何もかもきのうのままだ。

「で、その手がかりって、どこにあるのさ？」

シェルビーは、ドッグフードのたなを指さした。

「あれです！」

容器《ようき》は二つとも、きのうと同じ場所にあるように見えるけど……？

シェルビーは背伸《せの》びをして、デイジー用のドッグフードの容器《ようき》をたなから降《お》ろした。

「ワトソン、ごらんなさい」

シェルビーは、ぼくによく見えるように、容器《ようき》を横に向けた。容器《ようき》の側面《そくめん》に、小さなテープの切《き》れ端《はし》が貼《は》りつけてある。

ぼくは、だまってテープを指さした。

「そう、それです。だれがそのテープを貼《は》ったか、おわかりですか？」

だれもが無言《むごん》で、じっとシェルビーを見つめている。

「それは、わたしです！」

シェルビーは、ドッグフードの容器《ようき》を降《お》ろした。

「昨日《さくじつ》の午後四時二十三分の時点で、フードがどの高さまで入っていたか、目印《めじるし》をつけておいたのです」

ヒントをもらって、ぼくの頭は目まぐるしく回りはじめた。思わず、さけぶ。

「いま、テープはフードの高さより、三センチ近く上になってる！」

ザリーンが、ポカンとして口を開いた。

「どういうこと？　意味がわかんないわ」

「これはですね……」

シェルビーは、ぼくにどうぞというしぐさをした。ぼくは、はりきって説明《せつめい》した。

「そのあとで、だれかがデイジーのドッグフードを取ったということだよ」

レストレード刑事《けいじ》は、壁《かべ》にもたれてつまらなそうに言った。

「わたしの思いちがいでなければ、このお宅《たく》には、犬が二匹《ひき》いるんじゃなかったかしら」

ぼくは、ロキシーのドッグフード容器《ようき》を指さした。

「でも、それぞれ別《べつ》のフードを食べているんです」

レストレード刑事《けいじ》は、ばかばかしいとばかりに両手をふり上げた。

「じゃあ、だれかがまちがえたんでしょう」

ザリーンが、おずおずと手をあげる。

「ゆうべロキシーにえさをやったのは、あたしよ。まちがいなく、ロキシーの容器《ようき》に入っているほうをやったわ。犬たちの食事には、すごく気をつけているもの」

レイシー夫人《ふじん》が、みけんに手を当てて、イライラと口を開いた。

「だれがなんのために、デイジーのえさを取ったりするの？　デイジーはいないのに」

「まさにそこです！」

シェルビーは、パッと顔をかがやかせた。

「まず、これはデイジーがぶじであることを意味しています。なぜなら、デイジーを連《つ》れ去《さ》った人物は、デイジーにえさをやっているからです。そして、最大《さいだい》の手がかりは、その人物が、きのうの午後四時二十三分よりあとに、この部屋に入ったということです」

部屋にいる人全員が、お互《たが》いに疑《うたが》いのまなざしを向けあった。

ようやく、解決《かいけつ》の糸口が見えてきた！

第二十章　第一《だい》容疑者《ようぎしゃ》

「じゃあ、だれがわたしの犬をさらったのよ？」

タマラが大声でわめき、レイシー夫人《ふじん》がなだめようとする。

ザリーンは無言《むごん》で、ドッグフードの容器《ようき》をじっと見つめている。

「何かあったんですか？」

調教師《ちょうきょうし》のエマソンが、ろうかの向こうに現《あらわ》れた。

「なんでみんな、ドッグフードなんかにらんでいるんです？　そんなことしてたって、デイジーは見つかりませんよ」

「では、どうすればデイジーが見つかるのか、ひとつご教授《きょうじゅ》いただけませんか？」

シェルビーが、むじゃきな声でたずねた。エマソンがうっかり口をすべらせるのを期待《きたい》しているのが見え見えだ。

「わたしは――」

口を開きかけたエマソンは、レストレード刑事《けいじ》の警官《けいかん》バッジに気づいた。

「警察《けいさつ》に連絡《れんらく》したんですか？　そこまでする必要《ひつよう》がありましたかね？」

ふうむ……。レストレード刑事《けいじ》がいるのを見て、エマソンはシェルビーより動揺《どうよう》してるみたいだ。ひょっとして、エマソンがデイジーを連《つ》れ去《さ》ったのかも？　そういえば、こいつはきのうの午後、この家にいたぞ！　そうだ、エマソンが犯人《はんにん》なんだ！

レイシー夫人《ふじん》が、説明《せつめい》をはじめる。

「何か手を打たなければと、思っていたんですの。そしたら、家族ぐるみでおつきあいのあるレストレード刑事《けいじ》が、協力《きょうりょく》を申し出てくださったんです」

「すわっているだけで、何もしてませんがね」と、シェルビーが小声で言う。

ぼくは、シェルビーをこづいた。レストレード刑事《けいじ》なんかほっといて、エマソンが（それか、ザリーンが）どうやってデイジーを連《つ》れ去《さ》ったのか、謎《なぞ》を解《と》くほうが先だ。

レストレード刑事《けいじ》が、エマソンに向かってうなずいた。

「そういうことです。さて、わたしはまた保護施設《ほごしせつ》に連絡《れんらく》して、デイジーが見つかったかどうか確認《かくにん》します。もしちゃんとした証拠《しょうこ》が発見されたら、わたしに電話してください」

信《しん》じられない。レストレード刑事《けいじ》は、エマソンの前をすどおりしていった。こいつが第《だい》一容疑者《ようぎしゃ》だってことに、まるで気づいてないんだ。

これで、真相《しんそう》の解明《かいめい》は、シェルビーただ一人にたくされた。

エマソンはぼくらを手招《てまね》きし、リビングに向かいながら言った。

「近所のペットショップを回って、ビラを配ってきたんだよ」

シェルビーが、耳をそばだてた。

「本当ですか？　何かわかりましたか？」

エマソンは、ぎょっとしたようにシェルビーを見て、一歩あとずさった。たぶん、きのうみたいにつき飛《と》ばされるのを警戒《けいかい》したんだろう。

「事件《じけん》を知って、みんな心配していたよ。デイジーは、ペットの美容師《びようし》たちのあいだでは有名だったからね。もっとも、デイジーが首輪《くびわ》をつけていたとすれば、だれかが――」

シェルビーが、横からさえぎって言った。

「連絡《れんらく》してくれたでしょうね。ええ、その点については、われわれも気づいております」

そのときザリーンが、はっと息をのんだ。

「ごめんなさい、ジョン！　いろいろあったから、伝《つた》えるのを忘《わす》れてたわ。ゼインが、公園で待っているの。よかったらいっしょにバスケしようって。地図で場所を教えるわね」

「そう、ありがとう」

ぼくは、ちょっと迷《まよ》った。ゼインの誘《さそ》いはうれしいけど、シェルビーを放っておくのは気が引ける。

「……でも、ぼくは捜査《そうさ》の協力《きょうりょく》をしなくちゃ」

ところが、シェルビーがすばやく言った。

「いいのです。あなたは、お友だちと遊びにいくべきです」

「だけど――」

「本当にかまいませんよ、ワトソン。楽しんでいらっしゃい」

シェルビーの反応《はんのう》には、ちょっとがっかりだ。まるで、ぼくにどこかへ行ってほしいみたいじゃないか。いっぱしに役に立ってるつもりだったけど、もしかしたら、探偵《たんてい》としてはもちろん、助手としても失格《しっかく》だったのかも……。

ザリーンのあとから部屋を出ていこうとしたとき、シェルビーに呼《よ》びとめられた。シェルビーは、声をひそめて言った。

「出かける前に、取り急ぎ、あの調教師《ちょうきょうし》の件《けん》でご協力《きょうりょく》いただけるとうれしいのですが。お時間はとらせませんから」

ぼくは、うれしくなってうなずいた。

「わかった」

ザリーンは、引き出しからセントラルパークの地図を取り出した。道順《みちじゅん》を書きながら、説明《せつめい》してくれる。

「バスケのコートは、芝生《しばふ》広場にあるの。すぐにわかるわ」

「ありがとう。助かったよ」

ザリーンは、こわばったほほ笑《え》みをうかべた。

「どういたしまして。楽しんできてね」

ぼくは、おずおずとたずねた。

「ねえ、だいじょうぶ？」

ザリーンのほおに、涙《なみだ》が一粒《つぶ》こぼれ落ちた。

「ううん。だってみんな、あたしがやったと思ってるんだから。そりゃ、何をしても妹にかなわないのって、つらいものよ。あたしのロキシーだって、タマラのデイジーにはかなわない。でも、あたしがデイジーを誘拐《ゆうかい》してなんになるの？　たぶん信《しん》じてくれないでしょうけど、ロキシーを散歩《さんぽ》に連《つ》れていったとき以外《いがい》、あたしはずっと家にいたのよ。デイジーを連《つ》れ去《さ》ったりなんか、できないわ」

罪《つみ》の意識《いしき》に襲《おそ》われた。だって、ぼくはまっ先にザリーンを疑《うたが》ってたから。でも、こんなに傷《きず》ついているザリーンが犯人《はんにん》のはずない。犯人《はんにん》にしては、動揺《どうよう》しすぎているもんね。

ザリーンは涙《なみだ》をふくと、強い口調《くちょう》で言った。

「あたしはタマラがやったと確信《かくしん》してるわ」

「えっ？」

「タマラはいつだって、みんなに注目されたいのよね。こんどのあたしの誕生日《たんじょうび》に、パパはパリに連《つ》れてってくれるって約束《やくそく》してくれてたの。でも、タマラもずっと行きたがってたわけ。この『デイジー誘拐事件《ゆうかいじけん》』は、悲劇《ひげき》のヒロインを演《えん》じて、パパの同情《どうじょう》をかうための作戦《さくせん》なのよ。ゆうべ、タマラはパパに泣《な》きついてたわ。そしたらパパったら、『じゃあ、おまえもパリに来るか？』だって」

「タマラはなんて？」

「知らない。それ以上《いじょう》聞いてられなくて、逃《に》げてきちゃったから」

ザリーンは、歯を食いしばった。

「あたしはいつだって、誕生日《たんじょうび》のお祝《いわ》いをゼインといっぺんにされてきたのよ。それなのに、こんどはプレゼントまでタマラといっしょにさせられるなんて」

基地《きち》に住んでいたときは、きょうだいがいる子がうらやましかった。引っこしをしても、たよりになる相手がかならずそばにいるんだからね。でも、きょうだいもいいことばかりじゃないかも、って気がしてきたよ。

ぼくは、ザリーンをなぐさめようとした。

「ごめんよ、ザリーン。こんどの事件《じけん》できみがどんなにつらい思いをしたか、ぼくはちっともわかってなかった。でもさ、ちょっと失礼《しつれい》なところもあるけど、シェルビーは腕利《うでき》きの探偵《たんてい》だよ。かならず真犯人《しんはんにん》を見つけて、きみへの容疑《ようぎ》を晴《は》らしてくれるさ」

「本当に、そう思う？」

「もちろん」

ザリーンは、にっこりした。

「ありがとう、ジョン。家族のみっともない話をしちゃったけど、聞いてくれて本当に感《かん》謝《しゃ》してるわ。あたしの話をちゃんと聞いてくれる人なんて、だれもいないんだもの」

ぼくはザリーンの肩《かた》を軽くたたき、地図を持ってリビングにもどった。

シェルビーは、調教師《ちょうきょうし》との会話のまっ最中《さいちゅう》だった。レイシー夫人《ふじん》とタマラは、デイジーの目撃情報《もくげきじょうほう》を募集《ぼしゅう》しているインターネットの掲示板《けいじばん》を見つめている。

シェルビーが、ねこなで声で話している。

「あなたのお仕事は、とても興味深《きょうみぶか》いですね。わたしは、すぐれたイングリッシュ・ブルドッグを飼《か》っております。そしてあなたは、指おりの調教師《ちょうきょうし》でいらっしゃいます」

声を一段《だん》と高くして、シェルビーはさらにつづけた。

「もしよろしければ、お知恵《ちえ》を拝借《はいしゃく》したいのですが？」

エマソンは、用心深く答えた。

「……いいよ。どんなことが知りたいの？」

「じつはですね……」

シェルビーはいきなりひざをおり、いすを倒《たお》した。

「これは失礼《しつれい》いたしました。ああ、そうです！」

シェルビーは、さけぶような大声で言った。

「わたしはおじゃまですね、レイシーさん？　どこか、エマソンさんと二人でお話ができる場所はありませんか？」

エマソンは、車のライトに照《て》らされたシカのような、おびえた目つきをした。そりゃ、シェルビーと二人きりで部屋に閉《と》じこめられて、平気でいられる人間はそういないよね。

レイシー夫人《ふじん》はパソコンの画面から顔を上げ、うわのそらで答えた。

「そうね、ダイニングを使ってちょうだい。必要《ひつよう》なものがあれば、わたしたちはここにいますから」

「ありがとうございます！」

シェルビーは、エマソンをじっと見つめた。エマソンはついにあきらめ、立ち上がった。

ぼくは二人のあとについて、十二人がけのテーブルがある大きなダイニングルームに入った。

「ワトソン、ドアを閉《し》めてください」

はいはい、閉《し》めましたよ、と。

シェルビーの顔に、満面《まんめん》の笑《え》みが広がった。まんまとつかまえたぞ、という顔だ。

「ついでに、カギもかけてもらいましょう」

第二十一章　尋問《じんもん》

エマソンは、長いテーブルの端《はし》に腰《こし》かけた。

「わたしに、何を聞きたいのかな？」

シェルビーはエマソンの隣《となり》に立ち、尋問《じんもん》を開始した。

「まずは、この数日あなたがいた場所について、レイシー家の人たちにうそをついた理由《りゆう》を説明《せつめい》してください」

エマソンは、顔をしかめた。

「何を言ってるんだ？　わたしは、重病のおばの見舞《みま》いに行っていたんだよ。どういうつもりで――」

「レイシー家の人たちが連絡《れんらく》したとき、あなたはニューヨークに向かうアメリカン航空機《こうくうき》に乗っていました。コスメル島からの帰りの便《びん》が、悪天候《あくてんこう》のために遅《おく》れてしまったのです。携帯電話《けいたいでんわ》に出なかったのは、そのためです。でも、朝までには帰れる予定でしたし、予定

どおりにいけば、うそはばれなかったでしょうから」

エマソンの顔が、すっと青くなった。

「わたしは、その……」

くちびるがわなわなふるえるばかりで、言葉を失《うしな》っている。

「本題《ほんだい》に入ります。デイジーを連《つ》れ去《さ》ったのは、だれですか？」

シェルビーの質問《しつもん》を聞いたぼくは、思わず、大声でさけんでしまった。

「ちょっと待った！　じゃあ、こいつは犯人《はんにん》じゃないってこと？」

シェルビーは、あきれたような顔をした。

「もちろんですよ、ワトソン。事件《じけん》が発生したとき、飛行機《ひこうき》に乗っていたのですから。これ以上《いじょう》しっかりしたアリバイはありません。でも、共犯者《きょうはんしゃ》がいる可能性《かのうせい》はあります」

ウソだろ！　てっきり、エマソンが犯人《はんにん》だと思ってたのに！

ぼくはうめき声をあげ、シェルビーの隣《となり》のいすにすわりこんだ。

とまどった顔のエマソンに、シェルビーが説明《せつめい》した。

「これはワトソンにとって、はじめての事件《じけん》なのです」

エマソンは、ゆっくりと口を開いた。

「いいかい、わたしはデイジーがいなくなった事件《じけん》とは、なんの関係《かんけい》もないんだ。わたしは、デイジーが大好《だいす》きだからね。だからこうしてビラを貼《は》ったり、デイジーのことを知っていそうな人に話を聞いたりして、足を棒《ぼう》のようにして走り回っているんじゃないか」

シェルビーは、冷静《れいせい》な声で言った。

「それこそまさしく、真犯人《しんはんにん》が取りそうな行動です。では、あらためておたずねします。あなたは自分がいた場所について、なぜレイシー家の人たちにうそをついたのですか？」

エマソンは、ちらっとドアに目をやった。逃《に》げるつもりかと思いきや、テーブルにつっぷし、両手で頭を抱《かか》える。

「ショーが近いのに休暇《きゅうか》を取ると言えば、あの人たちは腹《はら》を立てただろう。たとえ、じゅうぶん間に合うように帰ってこられたとしてもね。今回の旅行は、インターネットでさがし回って、直前になってやっと決まったんだよ。ご想像《そうぞう》どおり、わたしのかせぎは多くないんでね。新しい恋人《こいびと》をよろこばせたかったんだ」

シェルビーは、追及《ついきゅう》の手をゆるめない。

「では、ドッグショーで八百長《やおちょう》をしても、大金をかせげないというのですか？」

「なんだって？」

エマソンは、くしゃっと顔をゆがめた。シェルビーが、すかさず言う。

「あなたは、真犯人《しんはんにん》の条件《じょうけん》をすべて備《そな》えています。動機《どうき》があり、マンションのカギを持っています。昨日《さくじつ》はマンションにいて、デイジーのドッグフードを持ち出す機会《きかい》もありました。そうですね？」

「わたしがカギを持っているのは、タマラやザリーンが学校に行っている昼間に、犬たちを散歩《さんぽ》させるためだよ。だれも――」

そのとき、エマソンははっとしたように口をつぐんだ。

シェルビーが、エマソンに顔をくっつけんばかりに身を乗りだす。

「なんですか？　何かご存《ぞん》じなのですね？」

エマソンは、首を横にふった。

「たぶん、関係《かんけい》ないだろうが……」

「関係《かんけい》ないかどうかは、わたしが判断《はんだん》いたします」

「休暇《きゅうか》を取る直前、わたしはロキシーの訓練《くんれん》をしていた。本当に手を焼《や》いていてね、あんなにがんこな犬にはお目にかかったことがないくらいだよ。あんな小さな体で、よくあれほど大きな声が出せるものだ」

……ここまでのところ、エマソンの言い分が正しいことは証明《しょうめい》ずみだ。

「ザリーンがわたしのところに来て、そろそろロキシーをドッグショーに出場させたいと言うんだ。わたしは、やめておくように忠告《ちゅうこく》した。いまの段階《だんかい》では、ロキシーはまだむりだ。審査員《しんさいん》に一声吠《ほ》えただけで、失格《しっかく》だからね」

「それで？」

シェルビーがきびしい口調《くちょう》でうながす。

「ザリーンはいい子なんだが、むずかしい年ごろだ。怒《おこ》って部屋を出ていってしまった。でも、出ていく前にこう言った。『あのすました気取り屋の犬を、だれかが始末《しまつ》してくれたらいいのに』って」

「まさか！」

ぼくは、思わず息をのんだ。

「ザリーンが犯人《はんにん》のはずないよ。ぼくは、ザリーンの言い分を信《しん》じる！」

シェルビーは、ふたたびエマソンに向き直った。

「そんな話をいまになって持ち出すとは、じつに不可解《ふかかい》ですね」

「そのときは休暇《きゅうか》のことで頭がいっぱいだったから、だいじなことだと思わなかったんだ。

ザリーンはカッとなりやすい性格《せいかく》だから、またかと思ったしね。それに、もどってきたらデイジーさがしで忙《いそが》しかったし、いままで頭にうかびもしなかったんだよ」

そのとき、ダイニングルームのドアがガタガタ音をたてた。

「なんでカギがかかっているの？　ここを開けて！」

向《む》こう側《がわ》にいるタマラが、どんどんとドアをたたく。

シェルビーはつかつかと戸口に近づき、ドアを開けた。

ドアの向こうで、タマラが透明《とうめい》なガラスのかけらをふりかざしていた。

「もうひとつ、手がかりが見つかったわ！」

第二十二章　さらなる証拠《しょうこ》の発見

シェルビーは、無造作《むぞうさ》にガラスのかけらをつかんだ。

「これは、もしかすると――」

タマラが、興奮気味《こうふんぎみ》にあとをつづける。

「そうよ！　なくなった写真立ての一部よ！」

シェルビーは、タマラといっしょに上の階に走っていった。あとを追っていくと、メイド服を着た女の人が、飾《かざ》りだなにはたきをかけていた。

タマラが、メイドに声をかける。

「カリーナ、これをどこで見つけたか、もう一度話してちょうだい」

メイドは、うなずいた。

「はい。カーペットに掃除機《そうじき》をかけようと思って、コンセントをさしこもうとしたんです。かがんだとき、飾《かざ》りだなの下に、ガラスのかけらが落ちているのが見えました。なんだろうと思って拾《ひろ》い上《あ》げたとき、タマラおじょうさんがいらっしゃったんです」

証拠品《しょうこひん》が発見されたところへうまく通りかかるなんて、都合《つごう》がよすぎるような気がする。

そう思ったとき、レイシー夫人《ふじん》とザリーンが上の階に現《あらわ》れた。

「いったい、何をしているの？」

「見て、カリーナがこれを見つけたの！」

タマラは母親にガラスのかけらをわたし、ザリーンのほうをちらっと見た。

タマラは、ザリーンをおとしいれようとしている！　シェルビーに知らせなきゃ！

「ねえ、シェルビー……」

シェルビーは、せっせと飾《かざ》りだなの幅《はば》を測《はか》っている。つづいてしゃがみこみ、カーペットと壁《かべ》のあいだの細長いすき間の幅《はば》を測《はか》りはじめた。

「なんですか、ワトソン？」

シェルビーは一歩下がり、首をかしげて飾《かざ》りだなを見た。すぐに反対側《はんたいがわ》に首をかしげる。

それから、ザリーンの部屋から数歩、飾《かざ》りだなに近づいた。

「だいじな話があるんだ」

「わかりました」

シェルビーは目をつぶり、飾《かざ》りだなに向かって歩いていく。

「あら、写真立てのガラスじゃない」

レイシー夫人《ふじん》の言葉を聞いたタマラが、興奮《こうふん》してさけぶ。

「それは、デイジーがいなくなった夜のあいだにこわれたのよ。ザリーンが夢遊病《むゆうびょう》で歩き回ってこわしたに決まってる！」

「ザリーンが物をこわしたのは、これがはじめてじゃないでしょ」

レイシー夫人《ふじん》は、ザリーンに向かってやさしくほほ笑《え》んだ。でもザリーンは、しかめっ面を返すだけだ。レイシー夫人《ふじん》は、言葉を継《つ》いだ。

「こわれた写真立てなんかに、なんの意味もないわよ」

シェルビーが、すかさず口をはさむ。

「じつのところ、大ありです。飾《かざ》りだなの裏《うら》のすき間以外《いがい》はカーペットが敷《し》きつめられているのに、なぜ写真立てがこわれるのでしょうか？　このせまいすき間にちょうど落ちるには、ある特定《とくてい》の角度からぶつからねばなりません」

全員が注目するなか、シェルビーはふらついた足取りでザリーンの部屋から出てきた。ろうかのほぼ全面に敷《し》きつめられたうすいカーペットにつまずく。シェルビーは、ゆっく

り と倒《たお》れるふりをした。事件《じけん》の夜に写真立てがおいてあった場所に肩《かた》がぶつかる。

「これが、その写真立てがこわれたいきさつです」

シェルビーは、きっぱりと宣言《せんげん》するように言った。

「夢《む》遊《ゆう》病《びょう》の発作を起こしたザリーンは、カーペットにつまずき、前に倒《たお》れました。ザリーンはわたしより三十センチ背《せ》が高いので、腕《うで》が当たって写真立てが落ちたのでしょう」

シェルビーはリュックからマスキングテープを取り出し、壁《かべ》に貼《は》りつけた。

「ちょうど、ここに！」

テープをごしごしこすり、そっとはがす。

シェルビーは、テープをぼくらに見せた。目に見えないほど細かいガラスのかけらが、テープの裏《うら》にくっついている。

「写真立てをこわしたことなんかおぼえてないわ、本当よ！」

ザリーンが声をはりあげた。ぼくはザリーンのそばに行き、肩《かた》にそっと手をおいた。

だれかがザリーンの味方になってやらなきゃ。ザリーンは家族からも、シェルビーからも助けてもらえないんだ。実際《じっさい》のところ、もしザリーンがデイジーを誘拐《ゆうかい》した犯人《はんにん》だったとしても、責《せ》める気にはなれないよ。

「だいじなのは、その点ではありません」

シェルビーは、メイドに向き直った。

「あなたはこのかけらを発見する前に、こわれた写真立てを片《かた》づけていないのですね？」

メイドは、うなずいた。

「ええ。そのかけらを見たのは、いまがはじめてです。何かがこわれているのを見つけたら、かならず奥《おく》さまに報告《ほうこく》しています」

タマラが、しびれを切らして口をはさんだ。

「それが、なんだっていうのよ？」

「つまり、ザリーンはデイジーがいなくなった夜に写真立てをこわしましたが、こわれた写真立てを片《かた》づけたのはザリーンとはかぎらない、ということです」

シェルビーの言葉を聞いて、ザリーンは少しだけ緊張《きんちょう》をゆるめた。

「もちろん、ザリーンが写真立てを片《かた》づけた可能性《かのうせい》も残《のこ》っていますが」

ぼくはだまっていられなくなって、口をはさんだ。

「それか、ザリーンに罪《つみ》をなすりつけようとしただれかが、わざとかけらをおいていったのかもね！」

涙《なみだ》ぐんでいたザリーンが、感謝《かんしゃ》のほほ笑《え》みをうかべてぼくを見た。

シェルビーが、片方《かたほう》のまゆをつり上げて言った。

「つまり、こわれた写真立てを片《かた》づけた人物が、デイジーを連《つ》れ去《さ》った犯人《はんにん》だということです」

「わたしには、さっぱりわからないわ」

レイシー夫人《ふじん》が、ため息まじりに言った。犯人《はんにん》がはっきりしないから、がっくりきているんだろうか。

「朝起きて、夜のあいだにザリーンが何かをこわしたことがわかったら、どうしますか?」

「もちろん、片《かた》づけるわ」

答えたあとで、レイシー夫人《ふじん》はカリーナをちらりと見た。

「……わたしじゃなくて、カリーナが片《かた》づけるんだけど。それからもちろん、ザリーンがけがをしていないかどうか、たしかめるわね」

シェルビーが、うなずく。

「ではあなたは、何かが起こったということには、気づいたはずですね。ろうかにガラスのかけらが落ちていれば、ザリーンか、ほかのだれかが、夜遅《おそ》く家の中を徘徊《はいかい》したという事実《じじつ》に気づいたはずです。ですから、ガラスを片《かた》づけたのがだれであれ、その人物はザリーンがしたことをあなたに気づかれないように――」

ザリーンが、大声でさけんだ。

「でも、あたしはやってないんだってば！　夢遊病《むゆうびょう》の発作を起こしても自分ではわからないけど、ドアのベルが鳴るから、だれかが目を覚《さ》ますはずでしょう？」

シェルビーは片手《かたて》をあげて、ザリーンをだまらせた。

「あなたが事件《じけん》の夜に夢遊病《むゆうびょう》の発作を起こし、写真立てをこわしたことは、わたしが証明《しょうめい》したはずです。しかし、先ほどから申し上げているように、あなたか、あなたが夢遊病《むゆうびょう》の発作を起こしたことに気づかれたくなかった人物が、こわれた写真立てを片《かた》づけたのです」

「だから、ザリーンははめられたんだってば！」

ぼくは、ほとんどさけぶように言った。

「いいえ、ワトソン。犯人《はんにん》がだれであれ、その人物はザリーンに疑《うたが》いをかけたくなかったのです。そうでなければ、こわれた写真立ては放置《ほうち》したはずですから」

シェルビーの言葉を聞くやいなや、タマラはザリーンに指をつきつけた。

「ほらね、ザリーンがやったのよ。そして、証拠《しょうこ》をかくしたの！」

ザリーンは、わなわなとふるえていた。

レイシー夫人《ふじん》が、タマラに言った。

「ねえ、タマラ。ドッグショーの開催者《かいさいしゃ》に、明日デイジーが欠場《けつじょう》することを連絡《れんらく》しなきゃならないんじゃない？」

タマラが抗議《こうぎ》しかけるのをさえぎって、シェルビーが言った。

「それはいけません。わたしは、ある仮説《かせつ》をたてております。タマラ、わたしを信《しん》じてください。明日、デイジーはドッグショーに出場できます。約束《やくそく》します」

「約束《やくそく》なんか、どうでもいいわ。それより、デイジーを見つけてよ」

タマラはふくれっ面で、ザリーンの腕《うで》をつかんだ。

「お姉ちゃんが正直に白状《はくじょう》してれば、こんなめんどうなことにはならなかったのよ！」

「**だから・あたしは・やってないの！**」

ザリーンは金切り声でさけぶと、足音高く部屋に入り、ばたんとドアを閉《し》めてしまった。

レイシー夫人《ふじん》が、かすれた声で言った。

「ねえ、シェルビー。あなたを信《しん》じてないわけじゃないけど、こんどの事件《じけん》で、うちの家族はバラバラになりそうなの。デイジーを見つけられるって、本当に自信《じしん》を持って言える？　明日のショーなんかどうでもいいけれど、子どもたちのことが心配だわ」

「お約束《やくそく》いたします。探偵《たんてい》の力量《りきりょう》を測《はか》る尺度《しゃくど》は、実績《じっせき》のみです。わたしの実績《じっせき》を調べていただけば、連戦連勝《れんせんれんしょう》であることがおわかりいただけるでしょう」

「だといいけど……」

そう言うと、レイシー夫人《ふじん》は、ザリーンの部屋のドアをえんりょがちにたたきはじめた。

シェルビーは、階段《かいだん》を下りていった。ぼくは、後ろから呼《よ》びかけた。

「どこへ行くの？」

「監視《かんし》カメラの映像《えいぞう》を見なければいけません。あなたも、バスケットボールをしに行くのではないのですか？」

そうだった。ゼインとバスケをするんだった。

「監視《かんし》カメラの映像《えいぞう》を見るときに、ぼくがいなくても、ほんとにいいの？」

「わたし一人で、じゅうぶん対応《たいおう》できると思います」

ぼくはあたりを見回し、だれも聞いていないことを確認《かくにん》した。

「ねえ、シェルビー。ザリーンはやってないよ。タマラが、ザリーンをはめようとしてるんだ。それとも、調教師《ちょうきょうし》かも……。とにかく、ザリーンだけはやってないと思う」

シェルビーは、あきれたように鼻を鳴らした。

「あなたは、レイシー家の人ならだれにでも、大好《だいす》きになってしまうようですね」

「そんな……」

「友だちを作ることが、とくに事件《じけん》の関係者《かんけいしゃ》と親しくなることがなぜ好《この》ましくないか、おわかりですか?」

シェルビーは、腕組《うでぐ》みをして言った。

「判断力《はんだんりょく》がにぶるからです。気分や感情《かんじょう》などに、影響《えいきょう》されてはなりません。事実《じじつ》そのものが、真相《しんそう》を語ってくれるのです。友だちを作れば、めんどうがふえるだけなのです」

ぼくは口をポカンと開けて、つっ立っていた。やっぱりシェルビーは、ぼくのことをお荷物だと思ってたんだ。少しずつ、シェルビーに信頼《しんらい》されはじめているって、シェルビーと、友だちになれそうだって、思ってたのに……。大まちがいだった。

シェルビーはぼくにおかまいなしで、リュックの中をひっかきまわしている。それを見ているうちに、ふつふつと怒《いか》りがわいてきた。

「なんかきみって、事件以外《じけんいがい》のことはどうでもいいみたいだね。だれが傷《きず》つこうが、かまわないんだろ?」

シェルビーは、無表情《むひょうじょう》でぼくを見つめていた。その手が、何かをさしだしている。水のペットボトル、オレンジ一個《こ》、ラップに包《つつ》んだチーズスティック……。

「何、それ？」

「バスケットボールをする前に、じゅうぶんエネルギーを補給《ほきゅう》できるように、おやつを用意してきました。あなたは、午後のおやつを食べる必要《ひつよう》があるでしょう？」

まさか、ぼくの糖尿病《とうにょうびょう》のこと、心配してくれてたのか？

「あ、ありがとう……」

ぼくは、ありがたくおやつをもらった。さっきの暴言《ぼうげん》がはずかしくなる。でも待てよ……。今日の午後ぼくがバスケをすることになるって、シェルビーはなんで知ってたんだろう？

シェルビーはドアを開け、ぼくをうながした。

「さあ、まいりましょうか」

なんて返事をすればいいか、わからなかった。

とりあえず、一歩前に出る。

「うん、行こう」

第二十三章　バスケットボール・コートで

マンションを出て、さんさんとふりそそぐ陽《ひ》ざしの中に足をふみ出したとき、ふと気づいた。この街《まち》をひとりで歩くのは、これがはじめてだ。

ああ、自由だ！

だけど、胸《むね》の中は、罪悪感《ざいあくかん》でいっぱいだった。ザリーンを、おき去《ざ》りにしてしまった。ぼく以外《いがい》の全員が、デイジーを連《つ》れ去《さ》ったのはザリーンだと思いこんでいるっていうのに。

セントラルパークの西側《にしがわ》に面した大通りをわたり、公園の外れにそびえたつレンガ造《づく》りのアパートの前にさしかかったとき、デイジーのビラが目についた。ふと、父さんの声が聞こえたような気がした――「直感を信《しん》じるんだ、ジョン」。

父さんはいつも、ぼくにそう言っていた。

ぼくの直感では、ザリーンはぜったいに無実《むじつ》だ。ザリーンは、わなにはめられたんだ。

そんなことを考えながら歩いてたら、自分がどこにいるかわからなくなっていた。あわてて地図を見下ろす。でも、どっちを向いても、目印《めじるし》になるようなものは、何も見えない。思いきって、歩いている人に声をかけてみた。

「あの、すみません……」

でも、返事は外国語だった。ほかの人にも声をかけてみたけど、ヘッドフォンで音楽を聞いていたり、携帯《けいたい》電話でしゃべっていたりする。そうでない人は、ぼくをあやしいやつだと思うみたい。ふと、向こうのほうに、男の子たちのグループが見えた。そのうちの一人が、地面にボールをバンバンつきながら歩いている。

足を速め、追いかけていった。もしかしたら、同じ場所に行くところなのかも。そうじゃなかったとしても、道を教えてくれるかもしれない。

早くバスケがしたくて、たまらなかった。新しい友だちと知り合えるってこともあるけど、父さんがいたときのことを思い出せるから。週末《しゅうまつ》や、父さんの仕事が早く終わったときには、よくバスケのシュート練習をしたもんだ。われながら単純《たんじゅん》だけど、両手にボールをかまえると、かならず父さんを思い出す。いまはもう、父さんは何百キロもはなれた町にいて、母さんからの電話を取ろうともしない。ぼくに残《のこ》されたのは、思い出だけだ。だけど、そういうもんなんだろうな。引っこしをするたびに、たくさんの友だちと連絡《れんらく》を取りあう約束《やくそく》をしてきた。そして、最初《さいしょ》の何か月かは、何度かやりとりをした。でもそのうち、音信不通《おんしんふつう》になってしまう。ぼくには新しい友だちができるし、昔の仲間《なかま》はぼくがいないことに慣《な》れてしまうから。

でも、父さんは友だちじゃない。父親なのに！

ぶるぶるっと首をふり、悲しい気分を吹《ふ》き飛《と》ばした。バスケすることと、友だちを作ることに集中しなきゃ。ようやくコートにたどり着くと、あっちにもこっちにも、バスケをしているグループがいる。ゼインをさがしたけど、なかなか見つからない。やっと、すみっこのコートで仲間《なかま》と練習しているのが見えた。ものすごく、ほっとした。

手をふりながら、ゼインのほうに走っていく。

「お、来たな！」

ゼインが気づき、大きな声で言った。プレーが中断《ちゅうだん》し、みんなが集まってくる。

「新しい友だちを紹介《しょうかい》するよ」

ゼインに「友だち」って言われた！　なんか、くらくらするほどうれしい……。

ぼくは、コートのまん中に集まった八人の仲間《なかま》に紹介《しょうかい》された。一年おきに新しい友だちを作っていると、人の名前がすぐにおぼえられるようになる。それぞれの名前を口に出して唱《とな》え、しっかりと頭にしまいこむんだ。頭の中の屋根裏部屋《やねうらべや》を、「新しい友だち」ってたなでいっぱいにしてやるぞ！

「やあ、おれはコーリーだ」

背《せ》が高くて、ほかの子たちよりだいぶ年上に見える男の子が、こぶしをぼくにさしだした。ぼくはこつんとこぶしを合わせ、あいさつを返した。

「よろしく、コーリー。ぼくは、ワトソン」

答えてから、シェルビーがつけた呼《よ》び名《な》が自然《しぜん》に口から出たことに、ちょっとおどろいた。気づかないうちに、慣《な》れちゃったみたいだ。それに、ジョンなんてありふれた名前より、ずっといいこともたしかだしね。

もじゃもじゃの髪《かみ》の毛の子が、くいっとあごを上げて言う。

「よう、おれはジェイク。こっちはアントニオだ」

そう言うなり、もう一人の子にボールをパスする。

「そいじゃ、お手なみ拝見《はいけん》といくか！」

ジェイクが言うと、アントニオがぼくにパスを出してきた。

いきなりでびっくりしたけど、勘《かん》はすぐにもどった。ドリブルし、左にフェイントしてコーリーをぬくと、右サイドからゴールを攻《せ》め、シュートを決める。

「ナイスシュート、ジョン！」

ゼインがさけび、ぼくらのチームはディフェンスに回った。でも、ぼくはうまくボールをうばい、ゼインにパスした。楽勝《らくしょう》でレイアップシュートを決められるところを、ゼインは外してしまった。相手チームが、どっと歓声《かんせい》をあげる。

アントニオが、笑《わら》いながらひやかした。

「おいゼイン、こないだ練習をさぼったから、腕《うで》がなまったんじゃねえの？」

ゼインも、笑《わら》って言い返す。

「ばか言え！　たまに手をぬいてやんなきゃ、そっちに勝ち目はないだろ？」

「そうそう！」

コーリーが、アントニオに体当たりして言った。

「ゼインがおれだけにこのシューズを買ってくれたんで、ひがんでんだろう。勝利《しょうり》にみちびく、幸運《こううん》の靴《くつ》だ！」

「あー、ハイハイ」

ぼくらは大げさにため息をついて、プレーを続行《ぞっこう》した。

気楽な雰囲気《ふんいき》のなか、ゲームは進んだ。なんか、やっと自分の居場所《いばしょ》を見つけたような気がする。もしかして、友だちになれるかも？

途中《とちゅう》で何度か休けいをはさみ、水分補給《ほきゅう》をした。みんなはＣＭで見かけるスポーツドリンクを飲んでいたけど、ぼくはシェルビーにもらった水を飲んだ。

アントニオが、ぼくにたずねる。

「ところで、ワトソンって、どこに住んでたんだっけ？」

「あっちこっち、いろいろなんだ。親が軍人《ぐんじん》だったんだよ。こないだまではメリーランドに住んでたけど、その前はケンタッキーとか、ジョージアとか、テキサスに住んでた」

「うっらやっましー！」

コーリーが言った。

「おれは、生まれてからこの街《まち》を出たことないんだ。でもついに、あと二週間で、ラトガース大学だから、やっと脱出《だっしゅつ》だ。それだって、ほんの隣《となり》のニュージャージー州だぜ」

大学生とプレーしてたなんて、ぜんぜん気づかなかった。コーリーからは何点かうばっていたから、ますます得意《とくい》な気分になる。

ジェイクがたずねる。

「軍隊《ぐんたい》の基地《きち》で暮《く》らすのって、どんな感じ？」

「けっこう楽しいよ」

すると、アントニオがたずねた。

「戦車《せんしゃ》に乗ったことある？　それか、戦闘機《せんとうき》とかさ」

うなずきながら、ニヤニヤしたくなるのを、必死《ひっし》でがまんした。いい意味で注目されるのは、なかなか気分がいい。

ゼインもたずねた。

「親父さんは、外国に行ってたの？」

「いいや、母さんなんだ。アフガニスタンに行ってたよ」

ゼインは、目を丸くした。

「すっげー！　おふくろさん、強いんだな」

「うん、まあね」

ゼインは、ジェイクをこづいた。

「ジョンのおふくろさんとキャンディスって、どっちが強いだろうな？」

みんなは、どっと笑《わら》った。しばらく知らない人間の話や内輪《うちわ》のジョークがつづいて、ちょっとおいてきぼりにされた感じになる。でもラッキーなことに、やがて話題《わだい》はメジャーリーグの優勝決定戦《ゆうしょうけっていせん》にうつった。

ぼくは、また会話に加《くわ》わった。

「ピッチャーに故障者《こしょうしゃ》が出なけりゃ、ヤンキースの優勝《ゆうしょう》はかたいよ」

「そのとおり！」

コーリーが、ぼくの背中《せなか》をバシッとたたいた。

「ワトソン、よくわかってるじゃん。野球《やきゅう》は、ピッチャーがすべてだからな」

ぼくは、ずっとヤンキースファンだったような顔でうなずいた。じつは、これは努力のたまものなんだ。新しい土地に引っこす前はかならず、地元のスポーツチームについて徹《てっ》底的《ていてき》に調べておく。こまったとき（新しい友だちとの話題《わだい》がつきたときとか）は、スポーツの話をすれば、まちがいないからね。だからこの二週間ばかり、ニューヨークを拠点《きょてん》とするプロスポーツチームのデータを調べておいたんだ。

本当に、いつまでもこうしていたいくらい、楽しかった。ゼインが携帯《けいたい》電話を見たときになって、ずいぶん時間がたったことに気づいた。夕食までに帰るって母さんに約束《やくそく》してあったし、新しい友だちができたからって、母親をほっとくわけにはいかない。たぶんわかってくれると思うけど、母さんもこの街《まち》に来たばかりで、ひとりぼっちなんだ。

「もう帰らなきゃ」

ゼインが仲間《なかま》たちに言い、ブルーとオレンジの小さいショルダーバッグを取って、肩《かた》にかける。

ほかのみんなも、帰りはじめた。またなって言いながら、思い思いに散《ち》っていく。またなって、こんどいつ会えるんだ？　連絡先《れんらくさき》を聞きたいけど、こいつ必死《ひっし》だなって思われたくないし……。しかたなく、コートを出ていくゼインのあとを追った。また迷子《まいご》になるのはごめんだからね。

ゼインが、少し心配そうにたずねた。

「ここに来る前、うちのようすはどうだった？」

「正直言って、ちょっとピリピリしてたね」

それとも、ザリーンとタマラの関係《かんけい》って、あれがふつうなんだろうか？

「なんかさ、ザリーンがかわいそうになったよ。ザリーンが犯人《はんにん》ってことにされそうだし」

ゼインは、ため息をついた。

「まいったな。それが心配だったんだ。断言《だんげん》してもいいけど、ザリーンはやってないよ。

そんなこと、できるわけがないんだ」

「事件《じけん》の夜、ザリーンが夢遊病《むゆうびょう》の発作を起こしたとき、ベルが鳴ったのが聞こえた？」

ゼインは、両手をポケットにつっこんで言った。

「いや、ザリーンは発作なんか起こさなかったよ。発作を起こしてたら、おれが気づいたはずだから」

「そう……」

シェルビーがつきとめた事実《じじつ》を、話しちゃっていいもんかな？　でもどうせ、いつか聞くことになるだろう。いいや、話しちゃえ。

「シェルビーは、事件《じけん》の夜にザリーンが発作を起こしたことを証明《しょうめい》したんだよ」

ゼインは、さっと顔を上げた。

「どうやって？　……まあ、どうでもいいや。たとえザリーンが発作を起こしたとしても、ザリーンがデイジーを連《つ》れ去《さ》ったとはかぎらないからね」

「そうだね」

タマラがザリーンをはめようとしたっていうぼくの仮説《かせつ》を話したくなったけど、怒《おこ》らせたらまずいからやめた。なんだかんだ言って、タマラもゼインの妹なんだしね。

「デイジーはかわいいやつだけど、タマラがドッグショーにデイジーを出場させるようになってから、家じゅうがピリピリしてるんだ。正直言って、デイジーがショーに出られなくなれば、うちの家族もまた元どおりになるかもね。……でも、だめだろうな」

「うん……」

なんて言えばいいか、言葉につまる。それで、いちかばちか聞いてみた。

「じゃあ、きみはだれが犯人《はんにん》だと思う？」

ゼインは、肩《かた》をすくめた。

「知るかよ。みんな、大げさに考えすぎなんだよ。だれか知らないけど、デイジーを連《つ》れ去《さ》ったやつも、きっと返してくれるよ。誘拐《ゆうかい》なら、連絡《れんらく》してくるはずだろ」

ゼインは、抱《かか》えていたボールを何度か地面についた。

「シェルビーは、だれがやったと思ってるんだ？」

ぼくは、正直に白状《はくじょう》した。

「さあね。シェルビーはちゃんと仮説《かせつ》を立ててるくせに、教えてくれないんだ。だって、ぼくらはべつに仲《なか》がいいわけじゃないし。二、三日前に会ったばかりなんだから」

言ってしまって、ギクッとした。急に、自分がひきょう者になったような気がして。

「そうだったな。この二人はなんなんだろうって、最初《さいしょ》は思ったよ。だって、きみはけっこういい感じなのに、シェルビーはなんていうか、……すごい変人《へんじん》だろう？」

思わず笑《わら》ってしまった。でも、同時に、すごく後ろめたい気分になる。その変人《へんじん》のシェルビーが、街《まち》を案内《あんない》してくれたんだ。ゼインや仲間《なかま》たちと仲《なか》よくなれたのも、シェルビーのおかげなのに。

いつのまにか、公園の端《はし》まで来ていた。ゼインのマンションまで、あと数分だ。

ゼインは、ぼくにこぶしをさしだして言った。

「今日は楽しかったよ、ジョン。また近いうちにやろうな」

有頂天《うちょうてん》になってることに気づかれないように、さりげなく返事をする。

「いいよ」

「それじゃ、またな！」

ゼインは、軽やかに道路をわたっていった。

そのとき、はたと気づいた。どうやって家に帰ればいいんだろう？　シェルビーと来たときは地下鉄に乗ったから、とりあえず駅をさがそう。マンションからほんの数分のところにあったけど、通りの向かいにも、別《べつ》の駅が見える。あれも同じ路線《ろせん》かな？　たしか、朝乗った地下鉄は、赤い色だったと思うけど……。

ポケットをさぐり、メトロカードを取り出す。地下鉄の料金《りょうきん》を払《はら》うときのために、シェルビーに教えてもらって買ったものだ。カードに路線図《ろせんず》でも書いてあればいいなと思ったんだけど、表には黄色と青のロゴマークしかない。

シェルビーが助けてくれたことが、ここにも一つあったわけだ。シェルビーがいなかったら、ぼくは迷子《まいご》になっていただろう。

だってまさにいま、シェルビーがいないから、こうして迷子《まいご》になっているんだ。

ぼくは、あたりを見回した。シェルビーがまだいるかもしれないから、レイシー家にもどってみようか？　でもこれって、シェルビーにたよりっぱなしじゃないってとこを見せるチャンスかも。

だいじょうぶ、ひとりで家に帰れるさ。シェルビーなんか、必要《ひつよう》ない。

覚悟《かくご》を決めたとき、角の茂《しげ》みからガサガサ音が聞こえた。木の枝《えだ》がゆれはじめたので、一歩あとずさる。動物かなんか、かくれてるんだろうか。

茂《しげ》みから、不機嫌《ふきげん》なうなり声が聞こえてきた。と、次の瞬間《しゅんかん》、シェルビーが目をつり上げて飛《と》び出《だ》してきた。

「ワトソン！」

髪《かみ》の毛にからまった小枝《こえだ》を引きぬきながら、しかりつけるように言う。

「せっかくわたしが追跡《ついせき》を試《こころ》みているというのに、あなたときたら、みすみす容疑者《ようぎしゃ》を逃《に》がしてしまうのですから！」

ぼくは、わけがわからなくて、たずねた。

「容疑者《ようぎしゃ》？　いったいだれ――」

そのとき、はっと気づいた。だれのことを言ってるのか、聞くまでもない。

ぼくは、ふるえそうになる声をおさえて言った。

「たのむよ、シェルビー。ぼくのたった一人の友だちが犯人《はんにん》だなんて、言わないでくれ」

「あなたは友だちの選《えら》び方《かた》について、考えなおしたほうがいいかもしれませんね」

そう言うなり、シェルビーは道路をわたっていった。

そりゃ、そうかもしれないけどさ……。だけど、シェルビーに言われたかないよね！

第二十四章　尾行《びこう》

ゼインに気づかれないように距離《きょり》をとりながら、シェルビーのあとを追う。

こんなの、バカげてるよ。ゼインは、家に帰るって言ったんだから。でも説明《せつめい》しようとしても、シェルビーは耳を貸《か》さなかった（まあ、とくに意外でもないけど）。

レイシー家のマンションまであと二分というところで、ゼインは八十八丁目の角を反対方向に曲がった。

とたんに、緊張《きんちょう》で息が苦《くる》しくなる。同じように角を曲がり、見つからないように道路の反対側《はんたいがわ》を、少なくとも五十メートルほどはなれてついていった。

もしかしたら、お使いをたのまれただけかもしれない。だって、まっすぐ帰るって言ってたわけじゃないし。より道したって、別《べつ》にいいじゃないか。

でもシェルビーが、理由《りゆう》もなくだれかを尾行《びこう》するなんて、むだなことをするはずがない。

ぼくは、小声でたずねてみた。

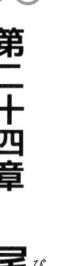

「監視《かんし》カメラの映像《えいぞう》を見て、何か気づいた？」

「ええ、いくつか」

返事をするなり、シェルビーはぼくを停車中《ていしゃちゅう》のトラックの陰《かげ》に引っぱりこんだ。向かい側《がわ》の信号《しんごう》で、ゼインが足をとめたことに気づく。

「あなたの課題《かだい》に関《かん》して、報告《ほうこく》することはありますか？」

課題《かだい》？　思わず聞き返しそうになって、レイシー家に行くとちゅうでシェルビーが言ったことを思い出した。そういえば、あらゆることを観察《かんさつ》しなきゃならなかったんだっけ。

「楽しかった、ってこと以外《いがい》に？」

シェルビーはトラックの陰《かげ》からそっとようすをうかがい、追跡再開《ついせきさいかい》の合図をした。

「まじめに答えてください、ワトソン。本当に、変《か》わったことはなかったのですか？」

「うん、友だちとバスケしてただけだったよ」

意味ないと思いつつ、バスケしたときのことについて話す。でも、話しているうちに、いつのまにか、ジェイクやコーリーや、ほかの仲間《なかま》たちのことを夢中《むちゅう》になって説明《せつめい》していた。気がついたら、試合中にだれがどんなことを言ったかまで、ぜんぶ話していた。

シェルビーは、聞いているのかいないのか、道路の向かいにいるゼインのショルダーバッグを指さした。

「あれが、今日ゼインが持っていたバッグですか？」

「え？　……うん」

公園からまっすぐここに来たんだから、あたりまえだろう？

「わたしの見たところ、あなたはテニスシューズを履《は》いているようですが、それはバスケットボールをするのに適《てき》した靴《くつ》なのですか？」

おいおい、冗談《じょうだん》だろ？　だけど、シェルビーにジョークなんて言えるわけないか……。

「えっとね、テニスシューズとか、スニーカーとか、トレーニングシューズとか、呼《よ》び方《かた》はいろいろあるけど……」

「では、バスケットボールをするとき、ビーチサンダルを履《は》くことはないのですね？」

「……ビーチサンダルを履《は》いてバスケをするのは、すごくむずかしいだろうね」

「なるほど」と、シェルビーは重々しくうなずいた。

ぼくらの先を歩いていくゼインは、おしゃれなブティックや、カラフルな日よけのかかったレストランの前を通りすぎていく。このあたりは、ぼくらのアパートからずいぶんははなれているから、街《まち》なみの感じがぜんぜんちがう。歩いているのは、ベビーカーを押《お》している女の人がほとんどだ。けど、全員、高そうな服を着ている。

ゼインは、コロンバス大通りに入っていった。もちろん、ぼくらもあとをついていく。

ようやく、シェルビーに聞きたかったことを聞いた。

「なんでゼインを尾行《びこう》してるの？　いったい、何を見つけたんだ？」

「本当に、知りたいですか？」

シェルビーは、片方《かたほう》のまゆをつり上げて聞いた。そして、ぼくのひじをつかんで道路を横断《おうだん》する。九十二丁目の角を曲がったゼインが、視界《しかい》から消えてしまったんだ。

「もちろん、知りたいに決まってるじゃないか！」

シェルビーは、はーっとため息をついた。

「わたしは、レイシー家の人たちをひとりずつ調べているだけです。その中のだれかがデイジーを連《つ》れ去《さ》ったのはまちがいないのです。デイジーは、煙《けむり》のように消えてしまったわけではありません。わたしはただ、事実《じじつ》を追いかけているだけです。そしていま、事実《じじつ》によってここまでみちびかれてきたのです」

九十二丁目の角を曲がったけど、ゼインのすがたは見えなかった。

「いったい、どこへ行ったのかな？」

シェルビーは、ゆっくりと歩道を歩きはじめた。ショーウィンドーから慎重《しんちょう》に店内をのぞきこみながら、一軒《けん》一軒《けん》調べている。通りの向こう側《がわ》に建《た》ちならぶビルをざっと見わたしたあと、ま向かいの店に目をとめた。

「あそこです」

シェルビーは、その店を指さした。

「正解《せいかい》にたどり着くことは、ときに胸《むね》が痛《いた》むことでもあります、ワトソン」

ぼくは、シェルビーがさした指の先にある店をじっと見つめた。あざやかな青い日よけに、白い犬の足あとマークが描《えが》かれている。

それは、ペットショップだった。

PET SHO

第二十五章　シェルビー劇場《げきじょう》

シェルビーとぼくは、通りの向《む》かい側《がわ》にとまっている車の陰《かげ》に身をひそめたまま、じっと待った。息づまるような沈黙《ちんもく》に耐《た》えられなくなって、たずねてみる。

「なんでかくれる必要《ひつよう》があるんだよ。ゼインがペットショップに入ったのには、ちゃんとした理由《りゆう》があるに決まってるだろ」

「そうかもしれません」

シェルビーは、あいまいに返事をした。

「ゼインが出てきたらすぐ、わたしたちはあのお店に入る必要《ひつよう》があります」

「なんで、いま入っちゃいけないんだよ？」

「潜入中《せんにゅうちゅう》に、ゼインにわたしたちの正体をばらされては、こまりますから」

やっぱりシェルビーは、ゼインを容疑者《ようぎしゃ》とみなしているんだ……。

数分後、ゼインが店から出てきた。よく見ようとして車のボンネットに身を乗りだしたとたん、ツルッとすべった。あっと思う間もなく、思いっきり派手《はで》に転んでしまう。

「いってー！」

「ワトソン？」

ぼくに気づいたゼインが、おどろいて声をあげる。シェルビーが、小声で悪態《あくたい》をついた。

ゼインが向《む》かい側《がわ》からかけよってきて、ぼくを助け起こした。シェルビーはしゃがんだまま、靴《くつ》ひもを結《むす》びなおしている。怒《おこ》っていると一目でわかる、こわい顔をしていた。

ゼインが、ぼくにたずねた。

「だいじょうぶか？　二人とも、こんなとこで何してるんだ？　かくれてたのか？」

シェルビーが、すばやく答えた。

「あることを捜査《そうさ》しにきたのです。わたしが靴《くつ》ひもを結《むす》びなおしているあいだ、ワトソンは重力の実験《じっけん》をして、みごとに失敗《しっぱい》しました」

「あ、そう……」

ゼインは、ぼくとシェルビーをかわるがわるながめた。

「たのむから、早くデイジーを見つけてくれよ。ザリーンが疑《うたが》われるのは、もううんざりだ。だから――」

ゼインはショルダーバッグから、お店の袋《ふくろ》に入った何かを取り出した。

「あいつをなぐさめようと思って、ロキシーにこれを買ってきたんだよ」

それは、キリンのぬいぐるみだった。

ほっとして、体じゅうの力がぬけた。思ったとおり、かんたんに説明《せつめい》がついたじゃないか。どうしてシェルビーは、なんでも大げさに考えちゃうんだろう？

「あとは、探偵《たんてい》のきみたちにまかせたよ」

そう言って、ゼインは来た道を引き返していった。

ぼくは、胸《むね》をなでおろした。

「やれやれ、ほっとしたよ」

でも、シェルビーの関心《かんしん》はもう、お店のほうにうつっていた。

シェルビーは背《せ》すじを伸《の》ばし、胸《むね》を張《は》った。ふだんの猫背《ねこぜ》の姿勢《しせい》より、背《せ》が高く見える。

つづいて、リュックからキラキラしたピンク色のヘアバンドを取り出し、くしゃくしゃの前髪《まえがみ》をむりやりなでつけた。

「わたしの言動に、適当《てきとう》に調子を合わせてください」

シェルビーはぼくに指示《しじ》を出すと、道路をわたってお店の中に入っていった。

ペットショップに入るのははじめてだった。リードや、骨《ほね》や、おもちゃはもちろん、デザイナーズブランドのペット服コーナーまである。へえ、毛皮のコートまであるよ。

「いらっしゃいませ！」

モフモフした犬のTシャツを着たおばさんが、ぼくらに近づいてきた。

「こんにちはっ」

そう言ったシェルビーの顔を見て、ぎょっとした。まるで別人《べつじん》……いや、もちろんシェルビーなんだけどさ。めがねを外してピンク色のヘアバンドで髪《かみ》をきれいにおさえ、すっきりと背《せ》すじを伸《の》ばしちゃって……まるで、ふつうの女の子みたい。

「あたくしは、ペチュニア・カンバーバッチ。グレニッチ・ビレッジに住んでいるカンバーバッチ家の娘《むすめ》です」

い、いきなり何を言い出すんだ？

「パパは、車で待っているんです。ウォール街《がい》のヘッジファンド経営者《けいえいしゃ》だから、忙《いそが》しいの。バカンスでサン・バルテルミー島に出かけるあいだ、ピーチーズちゃんを安心してあずけられるお店かどうか見てくるって言って、出てきたんです。いつもはピーチーズちゃんも自家用ジェット機《き》でいっしょに連《つ》れていくんですけど、こんどうちの別荘《べっそう》でやとったシェフが、犬アレルギーらしくて、ペットホテルをさがしてるの」

もう、百八十度キャラが変《か》わっている。鼻にかかったしゃべり方が、ものっすごくお金持ちっぽい。

こんなとっぴょうしもない話を真《ま》に受ける人なんかいるかと思ってたら、店員のおばさんは、コロッとだまされてしまった。

「さようでございましたか。当店では、ニューヨーク随一《ずいいち》のドッグホテルをご用意しております。温泉つきトリートメントとエクササイズクラスを毎日ご利用いただけますし、お食事は当店の一流シェフが腕《うで》をふるった、無添加《むてんか》のフードでございます」

「うちでは、ピーチーズちゃんのお食事に、すごく気を使っているの。ふだん食べさせているドッグフードを持ちこんでもかまわないかしら？」

「ええ、もちろんですとも」

シェルビーは、むじゃきな笑顔《えがお》を店員に向けた。

「ああ、よかった！　あの、ホテルの中を、見せていただける？」

「よろこんでご案内《あんない》いたします。どうぞこちらへ」

店員のおばさんは、シェルビーに片手《かたて》をさしのべた。

「そうそう、こちらはあたくしのバスケットボールのコーチの、シャーロックです」

シェルビーはぼくをふり向き、ペロッと舌《した》を出した。

ふきだしそうになったけど、ほっぺたの内側《うちがわ》をかんでがまんする。潜入捜査《せんにゅうそうさ》を台無《だいな》しにしたら、たいへんだからね。

でも、店員が両開きのドアを開けたときは、思わず抗議《こうぎ》の声をあげそうになった。ろうかの両側《りょうがわ》にならんだ部屋は、どれもアパートのぼくの部屋と同じくらい広い。しかも、犬一匹《ぴき》につき一部屋がわり当てられる、完全個室制《かんぜんこしつせい》だ。

店員が、シェルビーに言った。

「こちらの階は、小型犬専用《こがたけんせんよう》になっております。ピーチーズちゃんは、どんな種類《しゅるい》のワンちゃんですか？」

「キャバリア・キングチャールズ・スパニエルです。いま、同じ種類《しゅるい》の犬がいるかしら？」

「はい、キャバリア・キングチャールズ・スパニエルでしたら、二匹《ひき》ご滞在中《たいざいちゅう》です」

やったぞ、大当たりだ！

もしかして、そのうちの一匹《ぴき》がデイジーかも？　ついさっき来てたゼインは、こんな近くにデイジーがいたと知ったら、きっとくやしがるだろうなあ。

胸《むね》を高鳴らせながら、一匹目《ぴきめ》の、ラッキーという犬の部屋に案内《あんない》される。デイジーに会ったことはないけど、目のまわりが茶色いのが目印《めじるし》だ。でも、ラッキーの顔には、黒と白の毛しか生えていなかった。

ぼくは、もう一匹《ぴき》の犬が眠《ねむ》っている部屋をふり向いた。ふくらんでいた期待が、みるみるしぼんでいく。そこにいたのは、バズという名前の、おじいさん犬だった。

デイジーは、いなかった。

シェルビーは、満足《まんぞく》したような声で言った。

「結構《けっこう》ですわ。明日にでもパパの個人秘書《こじんひしょ》に、スイートルームの予約《よやく》をさせます」

ぼくは、さっさと店を出ようとした。でも、シェルビーはまだねばっている。

「明日のマンハッタン・ケンネルクラブ主催《しゅさい》のドッグショーに出場する犬はいますか？アッパーウエストサイドにお住まいの、レイシーさんのお宅《たく》のデイジーは、こちらの常連《じょうれん》だと聞いていますが」

「はい、さようでございます」

店員のおばさんは、ここぞとばかりにうなずいた。カウンターの後ろに貼《は》ってあるビラを指さしてみせる。

「タマラさんとザリーンさんには、ごひいきにしていただいておりますわ。デイジーちゃんが行方不明《ゆくえふめい》になったのは、とてもお気の毒《どく》でございますね」

シェルビーは、さもおどろいたように胸《むね》に手をあてた。

「まあ、なんておそろしい！」

シェルビーは、まつげをぱちぱちさせながらたずねた。

「そういえば、さっきお店から、レイシー家のゼインさんが出てくるのを見かけたように思いましたけど……？」

店員は、ポカンとした表情《ひょうじょう》になった。

「さあ、どうでしょう……。少なくとも、わたくしは気づきませんでしたが」

ぼくは、あらためて店内を見わたした。広々して、見通しがいい。ゼインが来ていたら、ぜったいに気づいたはずだ。なんでゼインが店に来なかったって、うそをつくんだろう？

店員は、さらに言葉を継《つ》いだ。

「もっとも、ゼインさんにはお目にかかったことがありませんので。妹さんたちやかわいいワンちゃんのことなら、よく存《ぞん》じあげておりますが」

シェルビーが、猫《ねこ》なで声で言った。

「ありがとうございました。とても参考《さんこう》になりましたわ」

店を出たとき、ぼくの頭は最高《さいこう》に混乱《こんらん》していた。でも、シェルビーの表情《ひょうじょう》は晴《は》れやかだ。

「ワトソン、やりましたね！ というより、やったのはわたしですが。ああ、タマラがさぞよろこぶことでしょう。さて、次なる課題《かだい》は、謎解《なぞと》きのさいの、印象的《いんしょうてき》な演出《えんしゅつ》です。ちょっとした趣向《しゅこう》があればおもしろいと思うのですが」

「え、なんのこと？」

ぼくは、ガシガシと頭をかきむしった。

「しっかりしてください、ワトソン」

シェルビーは、ぼくの腕《うで》をバシバシたたいた。けっこう痛《いた》い。

「答えは文字どおり、あなたの目の前にあったのですよ」

えっ、そうなの？

シェルビーはできの悪い生徒《せいと》をしかる先生のように、人さし指をふってみせた。

「言ったでしょう？ ただ見ているだけではだめです。観察《かんさつ》しなくては」

いったいぼくは、何を見落としたんだろう？

第二十六章　母さんからの条件《じょうけん》

ぼくは、探偵失格《たんていしっかく》だ。だって、さっぱりわけがわからない。

シェルビーはもったいぶってるのか、ばかにしてるのか知らないけど（その半々ってとこか）、いったい何が目の前にあったのか、教えてはくれなかった。

デイジーと同じ種類《しゅるい》の犬は、二匹《ひき》いた——でも、一匹《ぴき》は年をとりすぎだし、もう一匹《ぴき》は色がちがったよね……。ぼくは、何を見落としたんだ？

「この週末《しゅうまつ》は、何をする？」

夕食のサラダを取り分けながら、母さんが楽しそうにたずねた。

「ダウンタウンに出かけて、自由《じゆう》の女神像《めがみぞう》を見物するのもいいわね。それとも、自然史博《しぜんしはく》物館《ぶつかん》にする？　ジョンの好《す》きなところに行きましょう」

とたんに、後ろめたい気持ちでいっぱいになる。ほんとなら、最初《さいしょ》の休日は母さんにつきあうべきなんだ。でも、ぼくは明日の朝九時きっかりに、アーサー卿《きょう》をドッグショーの会場に連《つ》れていかなきゃならない。地図までもらって、会場までの道順を細かく説明《せつめい》されている。それに何より、デイジーを連《つ》れ去《さ》った真犯人《しんはんにん》を、どうしても知りたかった。

「明日は、ドッグショーを見に行くつもりだったんだけど……」

「ほんと？　あんたって、そんなに犬が好《す》きだった？」

「ん、ちょっと気分が変《か》わっていいかなって……」

「じゃあ、わたしもいっしょに行こうかしら」

ケールにフォークをつきさしたままだまっていると、母さんはまゆをつり上げた。

「どうなの、ジョン？」

「……じつは、シェルビーにたのまれたんだ。明日、アーサー卿《きょう》を、ショーに連《つ》れてかなきゃならないんだよ」

「どうして？」

どうしてかわかってりゃ、こんなに悩《なや》まずにすむんだけどなあ……。

母さんはいすに深くすわりなおし、真剣《しんけん》な表情《ひょうじょう》になった。

「それは、シェルビーの『事件《じけん》』に関係《かんけい》あること？　関《かか》わってほしくないって、言ったでしょ？」

ぼくは、母さんの反論《はんろん》を封《ふう》じるように、早口で言った。

「わかってるよ。でも、解決《かいけつ》までほんとにあと少しなんだ。最後《さいご》まで見届《みとど》けたいんだよ。それに、今日はシェルビーのおかげで、新しい友だちと知り合えて、バスケができた。だから、シェルビーにはひとつ借《か》りがあると思うんだよ」

「明日ドッグショーに行くことは、そんなにだいじなことなの？」

「うん」

それは、本心だった。

「会場のホテルまで、アーサー卿《きょう》を連《つ》れていくだけだよ。ぼくの仕事は、それでおしまい」

いまのぼくにわかっているのは、それだけだ。明日、何が起こるかはわからない。わからないってことが、わくわくするんだ。新しい冒険《ぼうけん》だもんね。

母さんは、しばらくぼくをじっと見つめてから、ようやく口を開いた。

「明日、ドッグショーに行ってもいいわ。でも、二つ条件《じょうけん》があるの」

「わかった」

ぼくは、おそるおそる答えた。いったい、なんだろう？

「一つ目は、今夜から一週間、皿洗《さらあら》いをすること」

神妙《しんみょう》にうなずいたけど、ちょっとひょうしぬけだった。前の家では、お皿をさっと流して食器洗《しょっきあら》い機《き》に入れるのはぼくの役目だったから、別《べつ》にたいしたことじゃない。

「二つ目。日曜日はずっと、わたしといっしょにすごすこと」

「いいよ！」

ぼくは、大よろこびで返事をした。

母さんは、笑《わら》って首を横にふった。

「お願《ねが》いだから、気をつけてね。シェルビーはかしこい子かもしれないけど、あんたにいい影響《えいきょう》を与《あた》えるかどうかは、よくわからないから」

うん、それについては、ぼくも反論《はんろん》できない。

母さんは、自分のお皿を流しに運《はこ》びながら、得意《とくい》そうな声で言った。

「そうだジョン、言《い》い忘《わす》れてたけど……この家には、食器洗《しょっきあら》い機《き》がないの。がんばってゴシゴシやってね！」

しまった、すっかり忘《わす》れてた！　流しで待ち受けているお皿の山を、ぼくはうんざりしてながめた。

シェルビーばかりか、母さんにまでしてやられた。しっかりしろよ、ワトソン！

第二十七章　ドッグショーへ

ぼくは翌朝《よくあさ》八時きっかりに、管理人《かんりにん》のハドソンさんのドアをノックした。ホームズ家に入れてもらい、アーサー卿《きょう》を連《つ》れ出《だ》すためだ。

ハドソンさんは、ホームズ家のドアのカギを開けながら、ぼくにたずねた。

「どう、これまでのところ、うまくいってる？」

「まあまあです」

ぼくとゼインが友だちになれるかどうかは、シェルビーがデイジー誘拐事件《ゆうかいじけん》を、どんなふうに解明《かいめい》するかにかかっている。シェルビーは他人《たにん》の気持ちを気づかったりしないから、ザリーンやタマラやゼインを怒《おこ》らせやしないかと、気が気じゃない。

アーサー卿《きょう》は、ドアのそばで待っていた。ぼくはアーサー卿《きょう》をリードにつなぎ、ばかでかいトートバッグを持って、ろうかにもどった。

正面玄関《げんかん》のドアを開けると、見送ってくれたハドソンさんが大声でさけんだ。

「うまく事件《じけん》が解決《かいけつ》するように、祈《いの》ってるわね！」

アーサー卿《きょう》とぼくは階段《かいだん》を降《お》り、歩道に出た。あらかじめ地図をよく調べておいたから、余裕《よゆう》をもって地下鉄の入り口に着くことができた。

シェルビーから聞いたところでは、犬は何かに閉《と》じこめておかないと、地下鉄に乗れないらしい。だから、こんなにでっかいトートバッグを持たされたわけだ。ホームに出たところで、トートバッグを広げ、アーサー卿《きょう》が中に入るのを待つ。「アーサー卿《きょう》は、万事《ばんじ》ちゃんと心得《こころえ》ています」って、シェルビーが言ってたから。

アーサー卿《きょう》は、舌《した》をだらりとたらし、ぼくをじっと見つめたまま、動かない。

「きみは、この中に入ることになってんだよ！」

ぼくは、トートバッグの口をさらに広げてみせた。

アーサー卿《きょう》は鼻づらをバッグに押《お》しつけ、持ち手をはねのけた。器用《きよう》に歯を使って、さらにバッグを広げる。それから、これでよしとばかりに、中に入った。

地下鉄がホームに入ってくると同時に、ぼくはバッグの持ち手をつかんだ。でも、重くてとても持ち上がらない。二十五キロくらい、あるんじゃないの？

地下鉄の扉《とびら》が開き、何人かの乗客が、ぼくらをよけて降《お》りていった。やっとのことで数

センチほど引きずったところで、アーサー卿《きょう》がバッグから出た。バッグをくわえ、堂々《どうどう》と地下鉄に乗りこんでいく。そして、床《ゆか》にバッグをおくと、自分から中に入った。

なんてかしこい犬なんだ！

乗りこすのはごめんだから、駅に着くたびに路線図《ろせんず》を確認《かくにん》する。降《お》りる駅に着いたあとのことを考えると不安《ふあん》だけど、なんとなく、アーサー卿《きょう》が助けてくれそうな気がした。

やがて、地下鉄は目的《もくてき》の駅に到着《とうちゃく》した。駅は、ドッグショーが開かれるホテルの角にある。アーサー卿《きょう》は、ぴょんとバッグから飛《と》び出《だ》した。ぶじにホームに降《お》りると、立ちどまって、ぼくがリードをつけるのを待っている。

リードをつけるのに手こずっていると、若《わか》いお姉さんが二人やってきた。まずいぞ、アーサー卿《きょう》をちゃんとバッグに入れてなかったたって、文句《もんく》を言いにきたのかな？

「本当にかわいいワンちゃんね！　なでてもいい？」

お姉さんのひとりが、アーサー卿《きょう》のそばにしゃがみこんだ。アーサー卿《きょう》は、うれしそうにあお向けになり、おなかをなでてもらおうとする。

ぼくは時計を見て、じゅうぶん時間があることを確認《かくにん》した。シェルビーはもちろん、こういうことがあるって予想《よそう》してたんだ。

階段《かいだん》を上って地上に出ると、すでに蒸《む》し暑《あつ》くなりはじめていた。

きょろきょろとあたりを見回すと、すぐにめざすホテルが見つかった。高くそびえ建《た》つホテルに向かって、おおぜいの犬と飼《か》い主《ぬし》たちが、列《れつ》をなして進んでいく。ぼくらは、そのあとをついていくだけでよかった。

ロビーの中は、大混乱《だいこんらん》だった。犬たちはさかんにはね回り、吠《ほ》えあっている。飼《か》い主《ぬし》たちは、殺気立《さっきだ》っている。ぼくらも受付に行こうとしたとき、だれかに名前を呼《よ》ばれた。

「ジョン！」

レイシー家の人たちが、勢《せい》ぞろいしていた。すごく心配そうな顔で、ロビーにすわっている。タマラがそわそわと髪《かみ》をいじりながら、ぼくにたずねた。

「あなた、シェルビーを見た？」

「シェルビーはかならず来るよ。デイジーを連《つ》れてね」

ぼくが言ったとき、後ろから、聞きおぼえのある声がした。

「ホームズらしいわ。いつだって、自信過剰《じしんかじょう》なんだから」

ふり返ると、レストレード刑事《けいじ》が立っていた。今日はブルーのワンピースすがたで、警《けい》官《かん》バッジはつけていない。

「こんにちは、刑事《けいじ》さん」

あいさつしながら、ひたいに冷《ひ》や汗《あせ》がうかんだ。シェルドン・ホームズって偽名《ぎめい》を使ってるのがばれたら、どうしよう？　シェルビーのおかげで、えらいことになったぞ！

「……刑事《けいじ》さんもショーに来るなんて、知りませんでした」

レストレード刑事《けいじ》の口もとに、ゆっくりとほほ笑《え》みが広がった。

「ええ、ホームズの謎解《なぞと》きの見せ場を、最前列《さいぜんれつ》で拝見《はいけん》しようと思って」

レストレード刑事《けいじ》は、皮肉《ひにく》な笑《え》みをうかべて言った。この人、シェルビーが失敗《しっぱい》するって思ってるんだ……。

エマソンが、ぼくに近づいてきた。

「ワトソン、きのうシェルビーから、これをあずかったんだ。きみにわたしてくれって」

エマソンは、ぼくに封筒《ふうとう》を手わたした。表に、ぼくの名前が書かれている。

とにかく、封筒《ふうとう》を開けて、読みはじめた。

親愛《しんあい》なるワトソン
アーサー卿《きょう》をぶじにホテルまで連《つ》れてきてくださって、ありがとうございます。あなたならきっと、つつがなく使命《しめい》を果《は》たしてくれると信《しん》じていました。しかしながら、本日あなたにお願《ねが》いしたい仕事について、一部伝《つた》えていなかったことをおわびせねばなりません。じつはあなたに、アーサー卿《きょう》のつきそいとしてショーに出ていただきたいのです。ショーに出場する犬を少なくとも一匹《ぴき》見せれば、アーサー卿《きょう》は自分がなすべきことをさとるでしょう。とても直観力《ちょっかんりょく》に優《すぐ》れた犬ですので、上手にあなたをみちびいてくれるはずです。

シェルビー・ホームズ

だまされた！　ショーに出場しなきゃいけないってわかってたら、ぜったいこんなとこに来なかったのに！　だって、恥《はじ》をかくにきまってるじゃないか。

もう一度シェルビーの手紙を見直して、追伸《ついしん》があることに気づく。

追伸《ついしん》——あなたをだますのは気が進みませんでしたが、こうでもしなければ、引き受けてもらえないことはわかっていました。エマソンさんに協力《きょうりょく》をお願《ねが》いしてありますから、恥《はじ》をかくことはありません。

思わず、ロビーを見回す。エマソンは、すぐに見つかった。

「こっちへおいで」

エマソンがぼくを手まねきし、説明《せつめい》を始めた。

「アーサー卿《きょう》はショーに出場するのははじめてだから、イングリッシュ・ブルドッグ部門の予選《よせん》から出なきゃならない。予選《よせん》で二位以内《いない》に入れれば、非猟犬《ひりょうけん》部門の本選《ほんせん》に進める。もしシェルビーがうまく事件《じけん》を解決《かいけつ》すれば、デイジーは猟犬《りょうけん》部門のすぐあとの、小型犬《こがたけん》部門に出場することになる」

エマソンは、腕時計《うでどけい》に目をやった。

「シェルビーに残《のこ》された時間は、一時間ちょっとか。きみのほうは、あと十分で出番だ」

ええっ、なんだって？

何がなんだかわからないうちに、エマソンに連《つ》れられて、上りのエスカレーターに乗る。

エマソンは、数字が書かれた腕章《わんしょう》をぼくの左腕《ひだりうで》につけた。

頭の中は、アーサー卿《きょう》を連《つ》れてステージに出なきゃってことでいっぱいだ。

……いや、アーサー卿《きょう》がぼくを連《つ》れてステージに出るのかな？

第二十八章　なんでそうなるの？

「さあ、気合い入れていこうぜ」

ステージそでの分厚《ぶあつ》いブルーのカーテンの陰《かげ》からショーをながめながら、アーサー卿《きょう》に話しかける。でも本当のところは、半分くらい自分に言い聞かせていたんだ。

ショーに出ること自体は、すごくかんたんみたいだ。まず、アーサー卿《きょう》を連《つ》れて、ほかの出場者たちといっしょに、だ円形のコースをかけ足で回る。次に、ステージの端《はし》から端《はし》まで行ったり来たりして、そのあいだに審査員《しんさいん》がアーサー卿《きょう》の審査《しんさ》をする。どう、ぜんぜんむずかしくなんかないだろう？

でも、だ円形のコースの外側《そとがわ》には、二百人以上《いじょう》の人がずらっとすわっている。その中には、レストレード刑事《けいじ》もいる。審査員《しんさいん》たちは、犬たちを徹底的《てっていてき》に審査《しんさ》している。あらゆる角度から毛なみをなでまわし、耳としっぽをつまみ上げ、くちびるをめくって歯と歯ぐきをのぞきこんだり、足を一本ずつ持ち上げたりしている。

エマソンがブラシでアーサー卿《きょう》の毛なみを整《ととの》えながら、感心したように言った。

「とても清潔《せいけつ》にしているね。わたしは、イングリッシュ・ブルドッグは扱《あつか》わないことにしているんだが。この種《しゅ》の犬は、訓練《くんれん》がむずかしい。ものすごくがんこだからね」

ふーん、まるでだれかさんみたい……。

エマソンは、半そでシャツとハーフパンツというぼくの服装《ふくそう》を見て、ため息をついた。

「さいわい、つきそいの服装《ふくそう》は審査《しんさ》の対象外《たいしょうがい》だ。きみのほうは、準備《じゅんび》いいかい？」

うん。これから審査《しんさ》されるのは、アーサー卿《きょう》だけだからね。

犬を連《つ》れてステージに出なきゃならないって、ちょっとでもほのめかされていたなら、もっとましなかっこうをしてきたのに。ほとんどの出場者は、スーツを着ていた。男性《だんせい》はみんな、ネクタイをしめている。それに、ぼくより少なくとも二十歳《さい》は年上だ。

「最後《さいご》の仕上げだ」

エマソンは、黒と白のストライプのネクタイを取り出し、ぼくの首に巻《ま》きつけた。

「シェルビーから、ぜひこうしてくれとたのまれたんだよ」

あっそう……。だと思ったよ。

列《れつ》にならび、口から心臓《しんぞう》が飛《と》び出《だ》しそうになりながら、ショーをながめる。ぼくの前の女の人が、ブルドッグを連《つ》れて、オオカミにでも追われてるみたいにかけだしていった。

ぼくは、アーサー卿《きょう》の隣《となり》にひざまずいた。

「ねえ、ぼくもせいぜい転ばないように気をつけるから、きみも吠《ほ》えたりかんだりしないでくれよ。きみはただ、かわいい犬のふりをすればいいんだ」

進行役が、ぼくらの出番を告《つ》げる合図をした。

覚悟《かくご》を決めて一歩ふみ出したとたん、カーペットにつまずいて転んでしまう。ラッキーなことに、まだ正式にコースに出たわけじゃない。でも、ふり返ったアーサー卿《きょう》が、あきれたように目をクルッと回したのを、ぼくはたしかに見た。

ぼくらは走りだし、だ円形のコースを回った。これは敏《びん》しょう性《せい》テストの一つで、つきそいとの協調性《きょうちょうせい》を審査《しんさ》されるらしい。つづいて、指定された位置《いち》にとまると、審査員《しんさいん》が近づいてきた。ぼくにリードで指示《しじ》をさせ、アーサー卿《きょう》をくるくる回らせる。ていうか、ぼくはなんにもしなかった。アーサー卿《きょう》が、自分からくるくる回ってみせたんだ。

審査員《しんさいん》の目つきのするどいおばさんが、ぼくとアーサー卿《きょう》がとまる場所をさし示《しめ》した。ほかの出場者のまねをして、アーサー卿《きょう》の隣《となり》にひざまずく。ほかの人たちは、審査《しんさ》のあいだ犬の頭の位置《いち》を一定に保《たも》つため、おやつやおもちゃを与《あた》えていた。エマソンから聞いたところでは、シェルビーにおやつのことを話すと、「わいろをわたすなど、アーサー卿《きょう》に対して失礼《しつれい》です」と反対したそうだ。

審査員《しんさいん》は、アーサー卿《きょう》の隣《となり》にひざまずいて、ぼくにたずねた。

「この犬の年齢《ねんれい》は？」

「え？　えーと、さ、さあ……」

審査員《しんさいん》が、不審《ふしん》そうな目でぼくを見てから、アーサー卿《きょう》をつつきまわしはじめる。アーサー卿《きょう》は平然《へいぜん》としてるけど、ぼくは生きた心地がしなかった。気がついたら、審査員《しんさいん》は次の犬の審査《しんさ》にうつっていた。

最後《さいご》に、ほかの出場者たちといっしょに、もう一度コースをかけ足で回るように指示《しじ》された。ぼくは、ひたすら自分の足を見つめていた。どうか、転びませんように……。

たぶん、ステージの上にいたのは五分足らずだっただろう。でも、永遠《えいえん》にも思えるくらい長い時間だった。

審査員《しんさいん》は、黒白ぶちのブルドッグを一位に選《えら》んだ。つづいて、ぼくのほうに歩いてくる。

ぼくら、じゃなくてアーサー卿《きょう》が二位《い》だと言われて、ぼうぜんとしてしまった。

走りながら、ぼくは、天にも昇《のぼ》る気分を味わっていた。

「やったぞ！」

ぼくはひざをつき、アーサー卿《きょう》を抱《だ》きしめた。競争《きょうそう》相手だった人たちが、口々におめでとうと言ってくれる。レイシー家の人たちも、礼儀《れいぎ》正しく拍手《はくしゅ》してくれた。

「ありがとう」

拍手《はくしゅ》にこたえながら、申しわけない気持ちでいっぱいになる。だって、自分の犬ですらないブルドッグを連《つ》れて、ショーに出場したんだからね。

レストレード刑事《けいじ》が、片方《かたほう》のまゆをつり上げて言った。

「すばらしかったわ、**シェルドン**」

よろこびが一転、パニックに変《か》わる。偽名《ぎめい》を使うのって、犯罪《はんざい》だよね？　しどろもどろになっていると、タマラがぼくの背後《はいご》を見て、歓声《かんせい》をあげた。

「デイジー！」

全員が、いっせいにふり返った。勝《か》ち誇《ほこ》った顔のシェルビーが、リードにつないだキャバリア・キングチャールズ・スパニエルを連《つ》れてやってくる。でも……あれは、ペットショップで見た犬だ。色がちがう。

この犬が、デイジーのはずがない……よね？

第二十九章　犯人《はんにん》は、あなたですね

タマラが、犬を抱《だ》きしめてさけんだ。

「ちゃんと見つけてくれたのね！　疑《うたが》ったりして、本当にごめんなさい！」

シェルビーは肩《かた》をすくめ、レストレード刑事《けいじ》をじっと見つめながら言った。

「見くびられるのは、これがはじめてではありませんから」

「でも……」

レイシー夫人《ふじん》は、犬とシェルビーをかわるがわる見ながら言った。

「その犬が、デイジーなの？」

よくぞ聞いてくれました！　やっぱ、混乱《こんらん》してたのはぼくだけじゃなかったんだ。

シェルビーが、自信《じしん》たっぷりに答える。

「そうです。デイジーは、変装《へんそう》させられていたのです。デイジーを連《つ》れ出《だ》し、体色を変《か》えてペットショップにあずけた犯人《はんにん》は……あなたですね」

全員が、お互《たが》いの顔を見回した。シェルビーのやつ、だれに言っているんだ？

そのとき、ザリーンの隣《となり》で、だれかがすばやく動いた。

ゼインだ。

ゼインが、出口に向かってかけだす。でも、シェルビーがさっとつき出した足に、つまずいて転んでしまった。シェルビーは、大理石《だいりせき》の床《ゆか》に転がったゼインの手をつかみ、手錠《てじょう》をかけると、もう一方の端《はし》を自分の手首につないだ。

レイシー夫人《ふじん》が、きびしい声をあげる。

「ゼイン、いったい何をしたの？」

いままでずっと冷静《れいせい》だったゼインが、だだっ子のようにほおをふくらませている。

「だって、むかつくんだよ。ザリーンが、タマラより出来が悪いみたいに言われるのってさ。父さんも母さんも、タマラとあのバカ犬の話しかしないじゃん。ザリーンは何をしたって、ほめてもらえないのに。だから、一度くらいデイジーがショーに出られなくなりゃ、つりあいが取れるって思ったんだよ」

そういえば、ゼインはきのうも似《に》たようなことを言ってたっけ。でも、ぼくは気にもとめなかった。だって、ゼインが犯人《はんにん》かもしれないなんて、思いたくなかったから。

ザリーンが、ゼインのそばにすわりこんだ。

「ねえ、ゼイン。あたしのために、あんなことをしたの？」

感動《かんどう》したのかと思いきや、ザリーンはいきなりゼインの頭をなぐった。

「あたしがどんなに疑《うたが》われたか、知ってるくせに！　それなのにだまってたなんて、ひどすぎるわ！」

「ごめん！　どうすりゃいいか、わかんなかったんだよ！　今日の午後、デイジーを家に連《つ》れて帰るつもりだったんだ。そのへんをうろうろしてたって言ってさ。こんな大ごとになるとは思わなかったんだ。だいたい、なんであんなやつらを呼《よ》んだんだよ！」

ゼインは顔をゆがめて、シェルビーとぼくを指さした。

ぼくは、目の前が暗くなった。これはきっと、何かのまちがいだ……。

レイシー氏《し》が、息子を見下ろして言った。

「おまえには、みっちり説教《せっきょう》しなきゃならんようだな」

レイシー氏《し》は、シェルビーをふり向いた。シェルビーときたら、家庭崩壊《ほうかい》の場面を前にして、得意満面《とくいまんめん》の顔をしている。

「すまないが、息子の手錠《てじょう》を外してくれないか。わたしから、ちゃんと罰《ばつ》を与《あた》えるから」

シェルビーは、しぶしぶ手錠《てじょう》のカギを取り出し、ゼインを解放《かいほう》した。

レイシー氏《し》はゼインのえりをつかみ、どこかに引きずっていった。

レイシー夫人《ふじん》が、みんなの顔をかわるがわる見て言った。

「ゼインが犯人《はんにん》だったのはわかったけど、でも、どうやってデイジーを連《つ》れ去《さ》ったの？」

「よくぞ聞いてくださいました！」

シェルビーは、にっこりした。

「ゼインの計画は、単純《たんじゅん》でした。デイジーを早朝に連《つ》れ去《さ》って、二、三日ペットショップにあずけておくというものです。最初《さいしょ》の問題《もんだい》は、だれにもデイジーと気づかれてはならないということでした。そこで、ブラックベリーの汁《しる》を使って、デイジーの茶色い毛を黒く染《そ》めたのです。わたしは先日、ゼインの爪《つめ》が黒く染《そ》まっていることに気づいておりました。さらに、昨日《さくじつ》お宅《たく》をくわしく調べたときに、ゼインの部屋のバスルームに染料《せんりょう》が残《のこ》っていることを確認《かくにん》しました。ゼインはデイジーを大きなスポーツバッグに入れ、監視《かんし》カメラからかくして連《つ》れ去《さ》ったのです。カメラの映像《えいぞう》を調べたところ、わたしはすぐに、ゼインがきわめて大きなバッグを持っていること、しかもそのバッグが動いていることに、疑念《ぎねん》をおぼえました。ゼインはバスケットボールをしに行くふりをしていましたが、ビーチサンダルを履《は》いていました。ワトソンからの情報《じょうほう》により、ゼインが今週バスケットボールの練習を休んだ日があったこと、そしてビーチサンダルでバスケットボールをするのは非常《ひじょう》にむずかしいことがわかりました。また、ゼインがデイジーにドッグフードを運《はこ》んでいた人物であり、今日このあとデイジーを迎《むか》えに行く予定になっていたという事実《じじつ》が確認《かくにん》できました。これは、きょうだいの対立に端《たん》を発した、単純《たんじゅん》な事件《じけん》です」

レイシー夫人《ふじん》は、ポカンと口を開けていた。

「でも、子どもは大人のつきそいなしでは、犬はあずけられないはずよ」

ぼくは、エマソンを見た。きっと、この事件《じけん》でのエマソンの役割《やくわり》はそれだったんだ。

シェルビーは、レイシー夫人《ふじん》に向かってうなずいた。

「そうです。十八歳以上《さいいじょう》で、クレジットカードを持っている人物でなければなりません。ねえ、ワトソン？」

なんでシェルビーは、ぼくを見るんだ？

シェルビーが、励《はげ》ますように言った。

「よく考えてごらんなさい、ワトソン。あなたはきのう、バスケットボールの試合《しあい》について、じつにくわしく話してくれました」

きのうの出来事が、少しずつ頭によみがえってきた。あちこちで聞いた、言葉の断片《だんぺん》。

「コーリーだ！」

気がつけば、思わずさけんでいた。

「コーリーは、十八歳《さい》だ。そして、ゼインにシューズを買ってもらったとか言ってたっけ」

「そのとおりです」

シェルビーが、誇《ほこ》らしそうに言った。

「コーリーが犬をあずけ、身分証明書《みぶんしょうめいしょ》を提出《ていしゅつ》し、クレジットカードで支払《しはら》いをしたのです。ご説明《せつめい》ありがとう、ワトソン」

もう、頭の中が沸《ふっ》とうしそうだ。証拠《しょうこ》はすべて目の前にあったのに、マヌケなぼくは、気づきもしなかったんだ。レイシー家のだれかが犯人《はんにん》だなんて思いたくなかったし、ましてやゼインを疑《うたが》うなんて、考えられなかったから。

胸《むね》が、ずきりと痛《いた》む。ぼくは、友だちを失《うしな》ったんだ。

でも、シェルビーは、大満足《だいまんぞく》のようだった。

「ああ、ついでにレイシーさんにお伝《つた》えしておきます。息子さんのうそを見ぬく方法《ほうほう》がありますよ」

レイシー夫人《ふじん》は、がく然《ぜん》とした顔をした。

「なんですって？」

「ゼインはうそをつくとき、ポケットに両手をつっこむのです。先日、尋問《じんもん》したときに気づきました」

ということは、ゼインを尾行《びこう》するずっと前から、ゼインが真犯人《しんはんにん》だとわかっていたってわけか。だから、ぼくにゼインとバスケをしに行かせようとしたんだ！

「ゼインがかわいいデイジーにそんなことをしたなんて、信《しん》じられない！」

タマラがさけび、デイジーをぎゅっと抱《だ》きしめた。そして、ぼう然《ぜん》としている姉をふり返った。

「疑《うたが》って本当にごめんね、お姉ちゃん」

ザリーンは、小さくうなずいた。意外な展開《てんかい》に、まだついていけないみたい。

ほらね、ぼくが思ったとおり、ザリーンは無実《むじつ》だった。そりゃ、だれが犯人《はんにん》かはわからなかったけど、少なくともザリーンじゃないっていう点については、正しかったわけだ。

タマラが、デイジーをなでながら言う。

「デイジーを、このままショーに出してだいじょうぶかしら？」

エマソンは、大きな革《かわ》の鞄《かばん》に手をつっこみ、デイジーの毛なみを整《ととの》える道具をさがしはじめた。

ようやく、レイシー夫人《ふじん》がわれに返って言った。

「本当にありがとう、シェルビー。わが家の危機《きき》を救《すく》ってくれたお礼を、どうすればいいかしら？」

シェルビーは、待ってましたとばかりに背《せ》すじを伸《の》ばした。

「ユージニアさん特製《とくせい》の、クルミ入りチョコブラウニーを所望《しょもう》いたします」

そして、ぼくをふり返って、つけくわえた。

「また、事件解決《じけんかいけつ》にはワトソンの協力《きょうりょく》が欠《か》かせなかったことも、認《みと》めなければなりません。ワトソンのためには、ユージニアさんに砂糖《さとう》ぬきのブラウニーを作っていただけませんでしょうか？」

「ええ、わかったわ」

レイシー夫人《ふじん》は、ぼくにやさしくほほ笑《え》みかけた。

おおぜいの美容師《びようし》が、デイジーを取りかこんでいる。毛なみを整《ととの》えて、白黒模様《もよう》の犬として、ショーに出場させるらしい。

「さて、ワトソン。われわれの勝利《しょうり》です！」

シェルビーがぼくにうなずきながら、高らかに宣言《せんげん》した。

いま、「われわれ」って言った？　もしかして、名探偵《めいたんてい》シェルビー・ホームズの助手、じゃなくて、相棒《あいぼう》になれるのかも！

「ぼくの分のブラウニーもたのんでくれて、ありがとう」

「どういたしまして。ワトソン、あらためてご協力《きょうりょく》に感謝《かんしゃ》します」

ぼくは、シェルビーを見た。シェルビーは、晴《は》ればれとした表情《ひょうじょう》だ。

「だって友だちだもん、当然《とうぜん》だろ」

友だちという言葉が、自然《しぜん》に口から出た。また顔をしかめるかなと思ったけど、シェルビーの表情《ひょうじょう》は、さらにパッと明るくなった。

「友だち？　それは、わたしとあなたのことですか？」

「うん。きみとぼくは、友だちだろ？」

姿勢《しせい》を正したシェルビーは、ますます胸《むね》を張《は》った。うなずきながら、ゆっくりと言う。

「わたしとあなたは、友だちです」

ぼくは、思わず笑《わら》いだした。いままでだれかと友だちになっても、わざわざ宣言《せんげん》する必《ひつ》要《よう》はなかった。ふつうは、だれかとずっといっしょにいれば、それが友だちってことだから。だけど、そうは言っても、シェルビーみたいな友だちははじめてだからね。

ぼくらは舞台裏《ぶたいうら》を歩き回って、ドッグショーに出場する犬たちを見物した。

「でも、どうしてあのペットショップにいた犬がデイジーだと気づいたの？」

「ゼインがデイジーの毛を染《そ》めたことはわかっていたので、どんな犬をさがせばいいか見当がついたからです。それに、一番の手がかりがあったからですよ。骨《ほね》の形のぬいぐるみが、あの犬の部屋にあったのです」

やっぱり、手がかりは目の前にあったんだ。

第三十章　コンビ結成《けっせい》!?

次の朝、ぼくはまたアパートの外階段《そとかいだん》にすわって、日記を書いていた。

解決《かいけつ》すべき事件《じけん》がないっていうのは、なんか変《へん》な感じだ。ゆうべは一晩《ばん》がかりで、母さんに事件《じけん》のてんまつを話して聞かせた。母さんは母さんで、父さんからの留守番《るすばん》電話を再生《さい》して、ぼくをおどろかせた。父さんはきのう電話してきて、この前のことをあやまっていた。

「おまえに会えなくて本当にさびしいよ、ジョン」——最後《さいご》にそう言って、父さんは電話を切った。

父さんがそばにいるのとはちがうけど、じゅうぶんだと思う。いまのところは、ね。

ぼくは日記帳を読み返し、きのうの出来事のまとめにもどった。

結局《けっきょく》アーサー卿《きょう》は、非猟犬部門《ひりょうけん》で、入賞さえできなかった。でもそれはアーサー卿《きょう》の責任《せきにん》じゃなくて、シェルビーが悪い。審査員《しんさいん》の頭からつま先までながめまわしたあげく、そうとう失礼《しつれい》なことを言ったらしいんだ。それで、アーサー卿《きょう》は失格《しっかく》になった。

かわいそうなアーサー卿《きょう》！

デイジーは優勝《ゆうしょう》を逃《のが》したけど、レイシー家の人たちは気にしてなかった。聞くところによると、ゼインは無期限《むきげん》の外出禁止令《きんしれい》を言いわたされたらしい。ぼくはゼインの仲間《なかま》に連絡《れんらく》先《さき》を聞いてなかったから、友だち問題《もんだい》に関《かん》しては、ふり出しにもどった。

いいや、ふり出しじゃない。ぼくにはもう、友だちが一人いるんだ。

後ろで、玄関《げんかん》のドアが開く音がした。シェルビーが、ぼくを見下ろして立っている。

「やあ、シェルビー！　きのうは、すごかったよね。でも……」

今朝《けさ》、事件《じけん》のことがニュースになってないか、インターネットで調べてみたんだ。

「ドッグショーの直前までデイジーが行方不明《ゆくえふめい》だったって記事があったけど、見た？」

「わたしは、過去《かこ》のニュースには関心《かんしん》がないのです」

シェルビーはふんと鼻を鳴らし、階段《かいだん》を下りてきた。

「でも、きみのことが記事に出てなかったんだよ」

もちろん、ぼくも出てない。

「まるで、ひとりでに見つかったみたいに書かれてた。きみがしたことは、ブラウニーをもらうくらいじゃすまないのに。ぜんぶ、きみの手柄《てがら》なんだよ」

「わたしにどうしろというのですか、ワトソン？　広報係《こうほうがかり》をやとえとでも？　『小さな女の子』が事件《じけん》を解決《かいけつ》したと言っても、だれも信《しん》じませんよ」

「そりゃ、そうかもしれないけどさ」

ぼくは、自分の手もとを見下ろした。そして、日記帳をシェルビーに見せた。

「ここに、何もかも書きとめておくことにしたんだ。ぼくが、きみの活躍《かつやく》を世に知らせるよ」

シェルビーは首をかしげ、ぼくをじっと見つめた。自分の業績《ぎょうせき》を書《か》き残《のこ》すという提案《ていあん》に、プライドをくすぐられているみたい。

「どうぞお好《す》きに」

シェルビーは、足取り軽く階段《かいだん》を下りた。ふり向いて、片方《かたほう》の口もとをくいっと上げて笑《わら》う。

「そうそう、ある事件《じけん》の依頼《いらい》を受けたのですが、あなたの専門的知識《せんもんてきちしき》が必要《ひつよう》になるかもしれません」

「相棒《あいぼう》として？」

「そうです、ワトソン。相棒《あいぼう》として」

ぼくは、すばやく日記帳を片《かた》づけた。ぼくらの冒険《ぼうけん》について記録《きろく》する時間は、たっぷりある。母さんがいつも言っているように、ぼくはもうどこにも引っこさないんだ。

「急いでください、ワトソン！」

歩道を歩きだしたシェルビーが、ふり返らずに言った。

「新たな事件《じけん》が、われわれを待っているのです！」


〈愛犬《あいけん》行方《ゆくえ》不明《ふめい》事件《じけん》！　終わり〉

名探偵《めいたんてい》ホームズとぼく

愛犬《あいけん》行方《ゆくえ》不明《ふめい》事件《じけん》！

2017年2月25日　初版第1刷　発行

著者　エリザベス・ユールバーグ
訳者　中村佐千江
発行者　郡司　聡
発行所　株式会社KADOKAWA
〒102-8177　東京都千代田区富士見2-13-3
0570-002-301（カスタマーサポート・ナビダイヤル）
9:00～17:00／土日、祝日、年末年始を除く
http://www.kadokawa.co.jp/

印刷・製本　株式会社　廣済堂

ISBN 978-4-04-105150-4　C8097　N.D.C.933 256p 18.8cm

Printed in Japan

カバー・本文イラスト　shirakaba
装丁・本文デザイン　寺澤圭太郎
DTPレイアウト　木蔭屋
編集　林　由香